ほんとうの私を求めて

遠藤周作

集英社文庫

目次

もう一人の私の発見

もっと豊かに　もっと自由に

本文デザイン／篠田直樹（bright light）

ほんとうの私を求めて

もう一人の私の発見

悪の匂い、幸福の悦び

もう一人の自分の素顔

おそらく、読者は私がつけた「悪の匂い、幸福の悦《よろこ》び」という題をいぶかしく思われたかもしれません。

「悪の匂い」と「幸福の悦び」とどんな関係があるのか。いったい、遠藤は何を言おうとするつもりか、と首をかしげられたことでしょう。

だが、その点にはしばらく眼《め》をつむってください。実はこの随筆は春の午後の散歩のように、あっちに連翹《れんぎよう》の香りがすれば、そちらの方角に足をむけ、こちらにうつくしく芝桜が咲いていれば、そこにも足をとめるというような毎日が勝手気ままな書きかたをする作品になると思いますが、行きつく方向だけはきまっているのです。

それはあなたの心の奥の奥にひそむXを御一緒にのぞこうということです。

心の奥の奥、あなたは御自分の心の奥の奥の洞穴がどうなっているかを御存知ですか。その洞穴はあまりに暗黒で不気味なほど静かなので何がひそんでいるか、あなたにもわからないのです。だが何かが動いていることも確かです。あなたは、それを知りたくはありませんか。

知りたい人は私と一緒についてきてください。その人は「自分を知る」ことに熱心な人です。自分が何者であるかを確かめようとする人です。見せかけの自分、人々のなかでとりつくろっている自分、社会や家庭ではいつもマスクをかむっている自分。そんな自分ではなく、ひょっとすると本当の自分かもしれぬ顔。自分の素顔を見たい人です。

その人はこの随筆を読んでください。

しかし、自分の素顔など興味がない、わたしは皆にみせている今の自分でたくさんだという人はほかの頁《ページ》でもおひらきください。

私自身の話からはじめましょう。

私は住む家は東京の郊外にあり、仕事をする部屋を原宿《はらじゅく》にちかいマンションのなかに持っています。毎日、サラリーマンのように家からこの仕事場に通います。仕事が興にのると仕事場に泊ることも度々あるのです。

仕事場には出版社の人や新聞社の人と打ち合せをする部屋の隣に狭く、いつもカーテンをしめきった一室があって、そこで私は誰にも邪魔されず本を読み、筆を動かすのです。

カーテンをしめきったその小さな部屋はいつも薄暗い。そして一方の壁に大きな本棚があり、他の壁にはむかしフランス留学時代に買った安ものの古地図やリヨンの風景画がかけてあるほかは何の飾りもありません。日中でも静かで外の物音はかすかにも聞えない。

私はこの小さくて、薄暗くて、適当な湿り気のある部屋が好きで、今まで幾つかの長編をここで完成しました。小部屋に入って扉をしめ、椅子に腰をおろすと、何とも言えぬ安心感と平和が心を支配して、ふしぎに心の奥底からアイデアがわいたり、イメージが浮んだりして小説がはかどるのです。

他の部屋で仕事をすると、そうはいきません。私は今まで自宅でも仕事をしたり、ホテルにとじこもって作品を書こうとしたことがたびたびありましたが、この部屋のようにのびのびと、平和な安心感にはひたれなかったのです。この部屋はまるで魔法の部屋のように私を助けてくれるのです。

なぜだろうか。

自分でもよくわかりませんでした。だがある日、いつものように椅子に坐《すわ》って眼の前にある大きな書棚をぼんやり眺めていた時、突然、啓示のように頭にひらめくものがありました。

「そうだ。この小部屋にいる感覚は母親の子宮のイメージなんだ」

なぜ、そういう発想が急に頭にうかんだのかもわかりません。しかし暗い、小さい部屋、それだけではなく多少の湿気がある部屋が私の心にふしぎに安心感と平和な憩いを与えてくれるのは、むかし母の胎内にいた時とおなじ感覚を甦《よみがえ》らせているためではないかと思ったのです。そして私はこのことを友人の心理学者にうちあけてみました。

彼はそうだろう、とうなずきました。彼によると我々の心の奥の奥には色々な記憶が混沌《こんとん》としてひそんでいるそうですが、そのひとつに母の子宮のなかにいた記憶があるのだそうです。母の羊水のなかで安心し、いや無心で外に出る日を待っていた胎児の頃。その頃の記憶は大人になっても我々の無意識のうちに残り、働いている。

「たとえば君、我々が幸福感という感覚はその頃の記憶をもとにして作っているのかもしれないよ。大きなものに守られて平和で無心だったあの胎内の記憶に似た感覚を我々は幸福感というのかもしれないよ」

友人の言葉は説得力がありました。私は自分の小さな、暗い、そして多少の湿り気のある仕事部屋になぜ心がひかれるのか、なぜそこで安心して仕事ができるのかがわかりました。やっぱりその部屋は私の心の奥の奥にある母の胎内での記憶をよび起したのです。

自分も気づかぬ本音の心

もうひとつの経験をお話ししましょう。

数カ月前、私は一人の女子中学生と話をしていました。頰《ほっ》ぺたが赤くて、笑うとあどけないものがまだ残っていて、子供と娘との中間地帯にいるようなあの表情。

彼女は私の小説というより「ぐうたら」もののファンで本にサインをしてほしいとたずねてきたのでした。

私は彼女と話をしながら自分がおなじ年齢の頃のことを考え、この子には私とちがってまだ長い長い人生があるのだな、と思い羨ましくなりました。私はもうこの子のようにみずみずしい肉体、真白な歯、あどけない笑いは遠く失ってしまったからです。

それから数週間後のことです。私はある夢をみました。

夢のなかにその女子中学生があらわれました。彼女は現実に会った時のような制服姿ではなく、まるで北欧の娘のように白い衣裳《いしよう》をきて、つばの広い白い夏帽子をかむり、花畠《はなばたけ》のなかに坐っていました。

「花の精みたいだね。君」

と私は言いました。彼女はあどけなく笑いました。そして彼女は花のなかに姿を消しました。

私は彼女をよび、さがしましたが姿をみつけることができません。なぜか怒りがこみあげ、私は餓鬼大将のように周りの花をふみにじり、手でかきわけ、ひきちぎり、そして眼がさめました。

さめたあと、私は今の夢を考えました。夢は無意識のなかで平生おさえつけているものや欲望《よくぼう》のあらわれですから、私は好んで自分の夢を分析するのです。

夢のなかで私が姿を消した彼女をさがしたのは、明らかに自分が失った若さや若い命をさがしていることに他なりません。自分が年齢《とし》をとったことがやはり寂しく、口惜《くや》しいのです。日常生活では「俺は年齢をしずかに受け入れている」などとえらそうに考えていながら、本音では失った若さや若い命がふたたび欲しかったのです。そして花をふみにじったのは、その若さにたいする嫉妬心にちがいありません。

自分の心の奥の奥にそういう感情がやはりかくれ、ひそんでいたことを私は自分がみた夢を通して知りました。夢は心の奥の奥にあるものを象徴的に表現するからです。

そしてこういう恥ずかしい話を私が書くことができるのは、人間だれしも「表向きの心」と「本音の心」は違うものであり、その本音の心は奥の奥にひそんでいて、別に私だけではないという確信があるからです。

あなたの場合も——表向きの心と本音の心とがあるでしょう。そして面白いことにはあなた自身が御自分の本音の心に気づかぬ時さえある。ちょうど女子中学生と笑いながら話していた時の私が自分の心の奥の奥に気づかなかったように……。

だから、あなたの本音の心を今からのぞいてみましょう。そこから、ひょっとするとあなた自身も気づかぬ思いがけぬ悪の匂いがただようかもしれない。

秘密のなかの自分

心にひそむ暗い秘密

　皆さんには誰にも言えない秘密がありますか。親や兄弟にも言えないような暗い秘密がありますか。

　正宗白鳥《まさむねはくちょう》という作家がこういうことを言っている。人間は、誰でも、それを他人に知られれば死んだほうがましだと思うような暗い秘密を持っているのだと。

　その秘密とは煎じつめてみると、別に人を殺したとか、何かを盗んだとかというような大それたことではない。大それたことではないが、しかし、あなたにとってはたまらなく恥ずかしい、たまらなく他人には知られたくない心の秘密なのです。

（私にはそのような秘密などない）

　もし、そういう人があなたたちのなかにおられたなら、私は正直いってその人は鈍感なのではないかと思います。あるいはその人は人生を生きていなかったのではないかとさえ考えます。なぜなら（私の考えでは）人間が誰でも心の底にかくし持っていて、恥ずかしく考えているその秘密の部分に、神というものが働きかけるのだと考えているからです。

しかし今、そういう抽象的な言いかたはよしにしましょう。もっと具体的にお話をしましょう。

まずあなたは本当の自分とは何かとお考えになったことがきっとあるでしょう。

あなたが今、どういう境遇にあるのか、私は知りません。独身なのか、人妻なのか、会社で働いておられるＯＬなのかはもちろん私は知りません。

しかし、人間誰でもそうした立場にあわせて自分の顔をつくるものです。ＯＬの人は会社でＯＬ的な顔をしてみせます。女教師は女教師の顔をしますし、看護婦さんは看護婦さんの顔をします。その一番はっきりしたのが飛行機のスチュアーデスや女優であって、飛行機のなかではどのスチュアーデスもおなじ作り笑いをしますし、スター女優はまるでトイレにも行かないようなポーズをしてみせます。かく言う私も人前では物書きらしい顔をしたほうが便利だという気になっています。

しかし、そういうものは社会がそれぞれのあなたに無言で要求しているお面であって、あなたもそのお面をかむって会社や病院や他人の前に出るにすぎません。ひょっとするとあなたの家庭でも——あなたは母であること、妻であることのお面をかむっているのかもしれません。

そのお面を長い間かむりつけると、いつか自分の本当の顔はそのお面だと錯覚するようになります。それはお面になれきってしまうほうが、生き方が楽だからです。

では社会がそのようにあなたに無言で押しつけてくるお面——母であったり妻であったり学生であったりするお面をつけているあなたは本当のあなたではないのか。問題はそこにあります。

答えはイエスです。お面をつけたあなたはニセのあなたではなく、やっぱり本当のあなたです。なぜならあなたのほうも母であること、妻であること、学生であることを選んだからです。あなたのなかに母になりたいもの、ある男の妻になりたいもの、どこかの大学の学生になりたいものがあり、そうなっている自分の立場に安心感と安定感を多少でも抱いているなら、そのお面は本当のあなたにちがいありません。

だがそれはあなただが、あなたの一部にすぎない。決してあなたの全部ではない。あなたのすべてではない。

子ぼんのうなお母さんだって胸に手をあてて考えてください。母であることがあなたのすべてだと心の底から断定できますか。妻になりきっていると思っている奥さん、主婦であることがあなたのすべてだ、あなたの全部だと自信をもって言えますか。おそらく百人のうち二十人だけが「はい！」と大声でうなずくでしょうが、あとの八十人は答えをためらうにちがいない。

自信をもって「はい！」と答えられる人はこれ以上、この私の随筆をお読みになる必要はない。

どうぞ、ほかの頁に眼をうつしてください。

「はい！」と大声で答えられぬ人に私は話しつづけます。

思い出したくないもう一人の私

「はい！」と大声で言えぬ人、それでいいのです。あなたはそれだけ単純で短絡的でなかったのです。

あなたは今まで誰かの追悼会に行って次のように感じたことはありませんか。花にかこまれた故人の写真をみて、いろいろな友人がこうその人の思い出を語ったとします。

「あの人はやさしい人だった」「あの人はユーモアのある人だった」「あの人はかしこかった」

故人についてのいろいろなイメージ、さまざまなイメージがみんなの心それぞれに残っていて、それをまとめたのが死んだその人の生前の姿になってしまいます。しかし、その人はきっと墓のなかでこう叫ぶにちがいない。

「それはわたしのすべてじゃない。わたしはあなたたちの知らぬ部分だってあるんだ」と。

私は小説家なので今まで二、三人の人間の伝記を執筆したことがありました。その人間の資料を集め、そして彼の生涯の出来事を考えて伝記を書きます。

　しかし書き終っていつもある不満が心に残りました。その不満はこういうことです。

「これは俺の見た彼だ。だが俺の見なかった彼があるにちがいない。誰も知らなかった彼があるにちがいない」

　しかし誰も知らない彼のその秘密の部分を彼は死と共に墓の奥底に持っていったのです。

　そして、あなたたちもその彼と同じではないでしょうか。他人が勝手にあなただと思っているような「あなた」のほかに別の「あなた」がいるのではないでしょうか。あなただけしか知らぬ「あなた」が。あるいはひょっとするとあなた自身も気づかぬ「あなた」が。

　人の知らぬあなたの影の面。

　そこには何となく罪の匂いがする時があります。なぜなら、あなたはそんな自分の影の面を生涯、決して人に見せまいと思っているからです。人に知られまいと考えておられるからです。

　胸に手をあててください。あなたたちの多くの方が秘密を持たなかったのは、せいぜい小学生まででしょう。中学の頃から高校、大学に至る間、あるいは社会に出られてからきっと、一つや二つの人にはうちあけられぬ秘密ができたと思います。しかし、その秘密は思いだしてみると現在のだらけた毎日にくらべると生命《いのち》のみなぎっていた、充実した時間だったのではありませんか。

だがその生命のみなぎっていた、充実した時間は、それ自体、世間のモラルから言うと許されないものであったため、あなた自身もそれに罪障感を感じ――ひょっとすると、思いだしたくない、忘れたいとお考えになるようになったのではありませんか。

だが、今からそのことを思いだしたくない秘密とかイヤだと突き放さないで、別の観点から眺めてみようではありませんか。まず、それがなぜイヤなのかを分析してみようではありませんか。

理由は簡単です。

世間のモラルとその思い出とかが矛盾するからです。その秘密が世間的なモラルに反したものだからです。

世間のモラルの代表である親や教師に言えぬことだったからです。

そして今、あなたはそういう世間のモラルのなかで生きておられるので（結婚生活や家庭生活やOLであるという生活）そのモラルに違反した自分を思い出したくないのです。できるならば忘れてしまいたいと考えておられるのです。

しかし、いかにそれが思い出したくないものであれ、あの時は、実に生命のみなぎった、充実したものではなかったのですか。ひょっとすると、今のだらけた毎日の生活にくらべて、あまりに隔たりのある、別の次元の行為や時間ではなかったでしょうか。

では生命のみなぎったものが、なぜ罪ぶかいのでしょうか。そんな理窟にあわぬことって、あるでしょうか。

あなたはその点を深く考えたことがおありですか。おそらく、あまり考えもせずに、秘密のなかの自分を忘れようとか、思いだすまいとされているのではないのですか。

心に鳴り響く音

母の音、男の音

同じことをくり返すようですが、この社会で常識ある人間とみられるためには、我々はたえず自分のうちにある、音を抑えつけていかねばなりません。

どんな人間の心のなかにもさまざまな音が鳴っています。ひとつの音しか鳴っていない人間なんてまず考えられません。

あなたの胸に手をあてて考えてごらんなさい。あなたの心からキレイな音もキタナイ音もきこえてくる。愛の音もひびけば邪悪な音も鳴っている。

そんなさまざまなあなたの音を全部鳴らすことはゆるされません。しかしこの社会で生きていく以上、あなたは社会生活にさし障りのない音だけをひびかせて生きているでしょう。そしてさし障りのあるような音は捨てようと努力するか、ひくい音しか鳴らさぬように抑えつけておられるでしょう。

例をあげましょう。

あなたのお母さんをごらんなさい。あなたのお母さんはあなたたちを育てるためにいい母親になろうと努力されたにちがいない。

しかし彼女のなかには母親という音しかないでしょうか。

そんなことはない。彼女も一人の人間であり女性である以上、別の音はいくつもある筈《はず》です。

たとえば――彼女のなかには母の音のほか、妻の音もある筈です。いや、女の音もある筈です。

だが日本の主婦の大半はあなたのお母さんと同じように、子供が生れると、自分のなかにある女、妻、母の三要素のなかから母の音を第一にかなでようとします。そしてその次に妻の音をわずかに鳴らし、女の音はまるでそれが出してはならぬもののように抑えよう、抑えようとするのです。母、妻、女――この順位が日本の主婦の心の大半の形態なのです。

余談ですがこれにたいして男のほうはどうでしょう。

男のほうは結婚して、子供の父親となっても、父であるという意識が彼の心の第一の場所をしめません。私の観察では日本の大半の男は、自分が男だという気持を生涯すてさることができないのです。夫になっても、父になっても、男だという音が他の二つの音を圧倒して、たえず高くひびいています。男とは何か。闘争する男、女性を追いかける男――男の表現はいろいろあるでしょうが、いずれにしろ、男という音が我々男性の心のなかで一番つよい。

その次に彼のなかで父の音が鳴ります。わが子が可愛《かわい》いからです。そして申しわけないのですが、平穏時にあっては（つまり女房が他の男を愛したり、病気になったりする非常事態が起らぬ限り）一番ひくくなるのが夫だという意識音なのです。女が怒っても仕方ない。真実をゆがめて嘘《うそ》をつくわけにはいかないからです。

だからこれを表にしてみます。

性別	（順位）Ⅰ	Ⅱ	Ⅲ
日本の主婦	母	妻	女
日本の亭主	男	父	夫

この順位のちがいに気をつけてください。

そしてあなたたちはすぐおわかりになるでしょう。結婚生活では妻と亭主との気持のくいちがいがいつも起るのですが、その気持のくいちがいの原因には右の表の順位のくいちがいが根底にあるのだということを。

妻はいつも夫に無言でこう言います。

「わたしも子供が生れてから母の意識を第一にして毎日をくらしています。だからあなたも男であるより、まず父であってください」

あるいは、

「わたしは結婚してから女の意識を一番最後におこうとしています。そしていい母、いい妻になっています。だからあなただって男の意識を抑えていい父、いい夫になれる筈です」

こういう無言の注文は彼女の体から一種の圧迫感をともなって亭主に迫ってくる。彼女はだから家庭のなかであろうが家庭の外であろうが亭主のことを「パパ」とよびます。「パパ」と亭主をよぶのは日本の妻の無言の要求です。あるいは無意識の慾求《よっきゅう》です。あれは日本の妻だけの特徴だとさえ私は考えています。外国じゃ妻は決して亭主のことを「パパ」なんてよばない。夫の名前か、せいぜい「ダーリン」ぐらいです。それは外国の女房は、日本の主婦とちがって結婚生活のなかで母子関係より夫婦関係のほうを大事に考えているからだろうと思います。

女の音はどこへ

話が少し脱線しました。脱線するのが私のわるい癖で、以後、気をつけます。

さて右に書いたように日本の主婦の大半は、自分のなかにある母の意識を第一にするために妻の部分と女の部分とを抑えるようになっていきます。

その結果はどうなるか。

それはさまざまな形であらわれてくる。まずバーゲン・セールで売っているような下着を身につけるようになる。男のデカパンとも見まちがう下ばきに色あせてくたびれたパンティー・ストッキングをはいて、足を開き眠りこけている主婦と電車で向いあわせになる時、私は思わず、

「御苦労さまです」

と言いたくなりますが、同時にこの人の御主人が彼女への不満をじっと耐えているだろうと想像せざるをえません。なぜなら彼女の心の大きな場所をしめているのはあきらかに「お母さん」であり、妻の部分、女の部分はその下に弱々しくかくれているからです。

そして、もし私がこの人にこう訊《たず》ねたらどうでしょう。

「あなたの……女の音はどうなりましたか」

すると彼女はびっくりして、こう答えるでしょう。

「女の音？　結婚して母親になった以上そんなものは抑えねばいけないんでしょ」

この返事は日本の主婦の大半の答えでしょう。結婚した以上、母と妻との意識は肯定するが、自分のなかの女の部分はできるだけ抑制せねばならぬ。引出しに永遠にしまっておかねばならぬ。そしてもしそれが可能なら自分のなかの女の音なぞ捨ててしまうの

が「よき母」であり「よき妻」になる道である、そう多くの主婦は考えている筈です。

この考えを私は間違っているとか、正しくないなどと言うのではありません。断っておきますが、私が言うのは道徳論ではないんです。

たしかに主婦のそういう気持は別に間違ってはいない。間違ってはいないが次のこともまた確かな筈です。

それは彼女たちが「よき母」「よき妻」になるべく抑えつけた女の音は決して消えはしない。意識からは消えても、決してなくなるのではない。

じゃ、その音はどこに行ったのか。それは意識下にある無意識という貯蔵庫のなかに深くうずくまり、身をひそめているだけなのです。そして身をひそめているだけではなく、その音は深い沼の底でブツブツと泡だつもののように、彼女の身には聞えないが、しかし確実な音をたてているのです。

私は今、無意識という貯蔵庫という表現を使いましたが、書きながら面白いことを思いだしました。それは仏教の唯識論《ゆいしきろん》で、この人間の心の深層——つまり無意識のことをアラヤ識とよんでいるということです。アラヤ識のアラヤというのは溜《たま》っている場所という意味だそうです。皆さんもご存知のヒマラヤ山脈のヒマラヤとはヒマ（雪）のアラヤ（溜っている）場所だから、そう呼ぶのだと聞いたことがあります。

そして同じように無意識とは我々が意識でこうしてはいけぬ、これは人にかくさねばならぬ、これは他人に知られたくないと思い、抑え、かくそうとしている慾望や願望がひそかに溜っているからアラヤ識と言うのです。

さてそのアラヤ識――無意識のなかに女の音を日本の主婦はしまいこんでいる。この随筆の読者であるあなたもまた結婚して、母となればきっと、同じことをするにちがいない。夫を「パパ」とよんで彼を男や夫と見るのではなく、子供の父と見ることで、自分も母になりきろう、ならねばならぬと努力するでしょう。

だが、あなたの女の音は消えたのではないのだ。それはじっと機会をねらい、出口を求め、何とかして外に出よう、出ようとしたがっているのです。

だからその音は直接にではなく間接に、ナマにではなく形をかえて、あなたの心に信号を送ります。

その信号はたとえば夜みる夢に送られてくる。あるいは女の音を露骨に出している他の女性への嫉妬や憎しみになっても出てくる。

たとえば団地で数人の主婦がハデな女性の悪口を言っているのに出くわしたことはありませんか。そんな時はその主婦たちにも同じようなハデなものへの願望があるのだと考えてさしつかえありません。同じように他の女性への嫉妬や憎しみを感じたあなたの心には、実はその女性と同じ部分がひそんでいるのではないでしょうか。

心の操縦法

心はいつもがけっぷち

どんな善良そうなお母さんの心のなかにも女としての音は消えたのではない。

どんな貞淑な妻の心の底にも、夫以外の男から愛されることを待ち望む女の音がなっている。

もちろん、お母さんのなかには、私は子供たちの母親として満足しているから、この年齢でいまさら女として扱われなくてもいいと自信をもって言う人がいるでしょう。人妻のなかにも、「私は夫だけで充分です」と断言する幸福な人もいるでしょう。

しかし、小説家の私は彼女たちのそのような言葉をきいても、その絶対的な自信が不動のものだとは決して思いません。また思ってはならぬと考えています。

なぜなら、我々の心の底には、あの無意識というやつがあるからです。そしてお母さんの無意識や貞淑な人妻の無意識は今はじっと静まりかえっているけれども、いつ活動するかわからない。

それは休火山のようなもので休火山は死火山ではない。眠っているように見えても地底でブツブツと音をたてて熱い泥は動き、火のかたまりは燠《おき》のように燃えているのです。

私は二人の子供を育てたお母さんが、子供たちが高校を卒《お》えてしばらくしてから出奔したという出来事にぶつかったことがあります。

「あの人が？」

「信じられない」

みんな、そう言っていました。なぜなら我々の記憶のなかには、たとえば末の子供の遠足についてきた、いかにも満足げな、人のよさそうな彼女の笑顔が刻みこまれていたのですから。倖《しあわ》せそうにみえた主婦が思いがけなく夫以外の男と烈《はげ》しい恋に陥る例など、ざらにあります。でも我々はふしぎでならない。

「彼女の夫はあんなにいい亭主だったのに」

とか、

「いったい、あんなによい夫を持って、どこが不満だったんだろう。それに彼女も倖せにみえたんだが。あれは本当ではなくてお芝居だったんだろうか」

我々はその疑問を解けないので、やむをえず彼女を本当は浮気性の女だったのだと解釈して、謎を解こうとします。

だが彼女は決して他の女にくらべ浮気性ではないことを本当は知っているのです。

要するに理由は、はっきりとしている。

二人の子供のお母さんの心のなかにも、女の音がひそかに鳴っていた。そしてその音にこのお母さん自身も気づいていなかった。気づいていないということは無防備だったということです。

子供が手を離れるようになり、そして仕事に熱中する夫がどうしても家庭にいる時間が少なくなると当然、彼女はそれによって生きる対象を失いました。意識がこうしてある喪失感を感じだした時が、逆に彼女のなかの無意識にかくされていたものが活動する時です。彼女が母として、妻として、無意識のなかに抑圧し閉じこめていたあの「女」の音がなりはじめたのです。彼女が夫とはちがう別の男に、その女の音をかなでたとしてもふしぎではない。

私は人間の心というものは――つまりあなたたちの心というものは実に危険にみちた一触即発の爆弾をかかえているような気がしてなりません。

今、これを読んでおられるあなたが、いかに妻として、母として御自分の心に自信を持っておられるとしても、それはいつ何時《なんどき》、顚覆《てんぷく》するかわからない。だからあまり自分の心に自信を持ちすぎて無防備であってはならないような気がします。

もちろん無防備であってはいけない、と言っても、我々は底なし沼のように深い自分の心の深淵――無意識について隅々まで知ることはできない。もし隅々まであまねく知《ち》悉《しつ》できたとしたら無意識は無意識ではなくなるわけですから。

またその無意識のなかに、自分の、どんな思いがけない顔や要素がかくれ、ひそみ、溜っているのか見ぬくことはできない。そのほんの一部分が夢に出てきたり、言葉づかいにあらわれてくるのですが、しかしそれも心療家という専門家の助けを借りねば知ることはむつかしいでしょう。

しかし無意識はある程度、あるパターンをとってあらわれることは専門家たちの臨床経験でもあきらかですから、そのパターンの二つ、三つを考えてみましょう。

コンプレクスのなせるわざ

たとえばあなたには何となく好かない人がいるでしょう。その何となく好かない理由をよく考えてみると、意外にその理由があなたの「コンプレクス」から来ていることが多いのです。

夕方の飲み屋に行きますと、よく会社員が何人かでオダをあげながら同僚、上司の悪口を言っていることがある。それをじっと横で観察していますと次のことがわかります。

「あいつはイヤな奴《やつ》だ。上役におべっかを使って昇進しようとしてやがる」

同僚へのそういう悪口を二人のサラリーマンが言っていたとすれば、実はこの二人にもやっぱり「上役におべっかを使いたい」という気持があるにかかわらず、悪口の対象になっている同僚ほど実行できない自分に腹をたてているのだということがわかります。

つまり彼は悪口の内容とおなじことを本当はやりたいのに、それができぬコンプレクスをそういう形であらわしているのです。

もう一つ、我々には仲間の誰か一人を敵視することで他の者の結束を再確認しようという気持があります。敵視された者はいわば人身御供《ひとみごくう》なのですが、この飲み屋でも二人の会社員は他の同僚の悪口を言うことで彼ら二人の連帯感を強めようとしているのかもしれません。

右の例は我々の無意識のなかのコンプレクスがよく陥るパターンの一つです。だから我々はこのパターン一つでも知っていれば、もし自分がこれら会社員と同じ行為をしていても、それが自分の心のどんな働きにうながされているのかにフッと気づくことができます。

団地の奥さんたちが五、六人、集まって誰か別の奥さんの悪口を言っている時——そしてあなたもその悪口の仲間にくわわっている時、フッと私の今、書いたことを思いだしてください。

「あの奥さんは夫があるくせに女っぽく見せるんだから」

とけなしたい時、それは実は今日まで女の音を抑えつけてきた自分のコンプレクスのあらわれであることに気づくのと、気づかないのでは大きな違いがあるでしょう。

私たちの心の無意識には「してはならぬ」と思っていること、「みせてはならぬ」と思っていることがあまた溜っていることは既に書きました。

その「してはならぬこと」「みせてはならぬこと」だと考えているあなたの部分は実はあなたの潜在的な慾望であることが多いのです。マジメな人妻と自認しているあなたはおそらく、夫以外の男性に興味や関心を示すことを「してはならぬこと」「みせてはならぬこと」だと考えているわけですが、それは実はあなたの慾望にほかならないのではないでしょうか。

なぜならもしそれがひそかな慾望でなければ、あなたはわざわざ「してはならぬ」「みせてはならぬ」と考える必要はないからです。

そしてもし、あなたが女っぽい部分を露骨にみせるある女性を殊更に軽蔑したり憎んだりしたとするなら、それはあなたの抑えようとしている慾望をはっきり見せつけられたためではないでしょうか。鏡にうつした自分のかくそうとした部分を露骨に見せられたためではないでしょうか。

もしそうだとすると、やはり我々の心にある無意識の領域は無視できないような気がします。馬鹿にして、あなどってはならぬようです。

だから問題はこうなります。そのあなたの無意識の領域をなんとか、うまく操縦する方法はないものだろうか、ということです。

非日常への脱出

社会生活で抑圧されるもう一つの顔

御存知かもしれませんが、私は「樹座《きざ》」という素人劇団を主宰しています。自慢ではないのですが、素人劇団といっても並みの素人劇団とはちがいます。まず、毎年、都内の一流劇場をつかいます。帝国劇場で公演したこともあります。いや、海外進出も企画し、四年前にはニューヨークで上演をして、『ニューヨーカー』のような一流雑誌にその記事を書かれたくらいです。

だからと言ってこの劇団は別に特別なものではない。わたしも一生に一度ぐらいは芝居をやってみたいな、ミュージカルで歌ったりおどったりしてみたいなあ、と思われる方は年齢、職業の如何《いかん》を問わず、誰だって出演できるのです。

「樹座」には七十代のおじいさんもおばあさんもいます。その方たちが若い人にまじって主役をやり、あるいはライン・ダンスでおどるのです。この人たちは平生は会社の会長さんであり、孫もおられる老婦人です。出演者は主婦や寿司屋の御主人や喫茶店の若い経営者、医者、編集者など仕事は千差万別ですが、たった一日の公演のため、二週間、夜の二時間を練習にさきます。

劇団四季の錚々《そうそう》たるメンバーがその練習を指導してくれます。いいの・おさみのようなすぐれたダンサーがダンスを教えてくれるのですからこれほど楽しいことはありません。

だから公演のあと、うちあげのパーティーをやると全員が異口同音に、

「こんな充実した毎日ははじめてでした」

と言ってくれます。

でも残念ですが「樹座」は毎年、出演者を募集して解散をしますから、この人たちは来年は出られません。しかし毎年、裏方を手伝ったり、ライン・ダンスには出演できて、四年後を待つのです。四年後にはふたたび出演できるからです。

二週間、練習を共にしただけで、友情やおつき合いができます。だから彼らは樹座クラブというクラブをつくり、六本木に溜り場所を持つことを今、計画しています。十年たちますとその溜り場所が手に入り、そこでいろいろな催しものや企画をするだけでなく、お食事もお酒もびっくりするほど安くできるようになります。

なんだか「樹座」の宣伝のようになってしまいましたが、これを書いたのは別に「樹座」を皆さんに知ってもらうためではありません。今まで書いてきたことに多少、関係があったからです。

「樹座」の出演者はさきほども言ったように、普通の主婦やサラリーマンが主です。昨日までは御自分の家で家事をやったり、子供の世話をしたり、あるいは満員電車で通勤する点ではあなたやあなたの御主人や恋人とそう違いはない生活を送っておられる人です。

　そうした生活を送るためには——くどいほど繰りかえして書いたように——その人たちは社会的な顔をしらずしらずにつけねばなりません。

　主婦だってみんなと協調するため、妻であるため、母として生きるための顔があります。自分の本能や慾望にそのまま従って行動をすれば、この社会的秩序はこわされてしまうでしょう。

　サラリーマンの男性も同じことです。もし自分のしたい放題に会社で行動すれば、彼はたちどころに皆から憎まれ、のけものになります。自分の考えも時には捨てねばなりませんし、上役にも（心のなかではバカヤロと思っても）ごまをする時もあるでしょう。

　そのような生活のなかでは必然的に何かを抑圧します。人間は社会生活のため慾望、本能を抑圧するといったのはフロイトという学者です。いや、他人より優越したいという慾望を共同生活のため抑圧するのだと言ったのはアドラーというフロイトの弟子です。いずれにせよ、我々はこの社会で自分の何かを抑圧していることは確かですが、この事は何度も書きましたから、もう御理解いただけたでしょう。

捌け口が救いに

だが抑圧したものは抑圧しっぱなしにすれば、我々の心を苦しめる復讐者《ふくしゅうしゃ》にもなります。よく修道女にノイローゼ患者が出たり、真面目な内気な青年男女が鬱病や神経症にかかるのもそのためです。抑圧したものが噴出する出口を見つけられなくて、病気という形をとるのです。

だから、我々は社会生活をやる以上、抑圧したものに、然《しか》るべき出口を作っておいてやらねばなりません。

私は「樹座」に参加した主婦が、知らず知らずにこの劇団を抑圧したものの捌《は》け口《ぐち》にしているのに気がつきました。というのは毎夜、稽古を重ねているうちに彼女たちの顔が平生の顔よりはいきいきとしてくるのがわかるだけでなく、まるで別の女性に変容したのではないかと思われることさえあったからです。

なぜでしょう。

当り前です。彼女たちは毎日、平凡な日常生活——家事や細々とした主婦の仕事に追われています。しかしたった二週間ですがそこから毎夜、二時間、解放されるのです。しかもみんなと一緒に歌ったり踊ったりできます。

それだけではない。彼女たちはそれぞれ素人の役者として役づくりに夢中になります。

役づくりをするということは「他人になる」努力をすることです。

平凡な日常生活に毎日を縛られている自分が自分以外の他人になろうとする。それが役づくりです。昨日まで一人の日本の主婦だった彼女がヴェルサイユ宮殿の伯爵夫人や子爵夫人の役をやろうというのは外から見るとおかしいですが、当人たちは素人なりに必死です。懸命です。それになりきろうとします。衣裳を考え、化粧を相談しあい、自分の知らぬ別世界の人間になる。

そして今まで思いもしなかったこと――帝国劇場の舞台にたち、観客の前で歌ったりおどったりする。これが日常からの解放でなくて何でしょうか。彼女たちの顔がいきいきと変ってくるのは当然なのです。舞台では他人になることで抑圧していたものを解き放つこともできます。主婦としては禁じられている恋愛も役の上なら演じねばなりませんし、演ずることで、家庭では母であり妻であるために無意識の底に抑えつけていた女の部分を思う存分に解放してもやれます。

だから「樹座」は彼女たちの無意識に溜ったものの出口、捌け口になったのでした。それに気づいた時、私は「これだ」と自分で手を叩《たた》きました。「これが彼女たちのカタルシスだ」と。

だから打ちあげパーティーの時、私はよく次のようなスピーチをするのでした。

「さあ、幕がおりました。明日から皆さんはそれぞれの生活に戻られます。しかし『樹座』は短い期間でしたが、あなたたちに人生を与えました。生活と人生とがどのように違うかをあなたたちは今度の体験でよくおわかりになったでしょう」

生活と人生とはちがいます。生活でものを言うのは社会に協調するための顔《マスク》です。また社会的な道徳です。しかし人生ではこのマスクが抑えつけたものが中心となるのです。私はそのことを「樹座」の座員によく語るのでした。

「樹座」のことなど例にだしてやや手前味噌《みそ》になってしまいましたが、しかし私の言いたいのはこのような他人に迷惑をかけぬ無意識の捌け口が我々の一生には必要だということです。その捌け口がなければ抑圧したものが歪《ゆが》んだ病的な形で出てしまいます。ノイローゼになったり鬱病になったり、虚言症になったり神経分裂症にかかるのはこの捌け口がないからです。

しかし、捌け口が必要だからといって、すべての捌け口が良いとは限りません。他人を傷つけ自分を傷つけてしまう抑圧の捌け口もあるのです。そのことを次に考えてみましょう。

心に窓をあける

抑圧には捌け口を

社会生活や共同生活を送るために心のなかに抑圧したものを抑圧し放しはいけない。適当に捌け口を与えてやるべきだ、ということを前に書きました。

それにはまず、心に抑圧するものは決して悪いものだと考えないことです。我々はえてして他人との共同生活を守るために、表面に出してはならぬもの、心の底に抑えこむものに何となく罪の匂いを感じる傾向があります。

たとえばここに人妻がいるとする。妻たるものは夫以外に心を動かすべきではないという社会的な道徳のため、彼女は夫以外の男にある感情を抱いたとしても、それを罪ぶかいと感じ、心の底に抑えこもうとします。

最近はあっけらかんとした若い妻も多くなり、自分の夫にむかって「Aさんステキ、だから、今度一緒に踊りにいっていいかしら」などと平気で言えるようになったようですが、一昔前はこういう言葉を口にすれば、それこそ大変なことになったでしょう。

だから多くの中年の人妻は夫以外の男に魅力をおぼえていても、それを決して自分の意識の閾《しきみ》にのぼらせはしなかった。それが妻としての淑徳であると考えられていた。しかし美徳であろうが淑徳であろうが、それら、心に抑圧したものを消す力があるわけではない。女性は同時に二人の男を愛せない、というのは長い間、女性自身までが信じてきた心理的嘘であったことは今日、よく知られています。いかなる淑徳の人妻でも夫以外の男に心ひかれる時が結婚生活の間ないとは決して言えないと私は小説家として思っています。

このことは読者であるあなたが一寸《ちよつと》、胸に手をあててお考えになるとすぐおわかりになるでしょう。夫を自分はたしかに愛している、しかし夫にない魅力をたまらなく夫の友人のA氏に感じると告白した人妻を私は知っていますが、彼女のような気持は鈍感でないどんな女性にもあるでしょう。

ただ彼女は心のなかでA氏に限界以上に心ひかれてはいけないのだと自分に言いきかせ、それ以上そのことを考えまいとしたり、夫にすべての心を向けようと努力したりして抑圧するわけです。おそらく、あなたにだってその御経験はおありでしょう。

また女は男とちがって精神的愛情のない人以外には性欲はないのだという俗説が未《いま》だにひろく男性社会では信じられています。いや男性だけでなく、女性自身のなかにもそれを口にする人がいます。

しかし、そんなことは嘘であることは女性自身が一番、知っている筈です。女性だって性慾は恋人や夫がいなくても起るものであり、ひょっとするとそれは男のような単細胞な、幼稚な形態のものではなく、もっと複雑微妙な形であらわれるでしょう。

しかし男性にくらべ、今のような大っぴらな時代でも女性にはどうしても自分の性慾の形をあらわに認めたくないという気持が強い。つまり性慾は女性にとって隠さねばならぬもの、汚いもの、善くないもの、暗いもの、美的でないものというイメージが男より強いために、それを無意識下に抑えつけよう、抑圧しようとする傾向もより強烈なことも確かです。

私はさきほど心に抑圧するものを決して悪いと考えぬことだと書きました。例としてたった今あげた性慾や夫以外の男性に抱く関心についても、これを決して「悪いものだ」と考えないで頂きたい。

性慾はそれ自体、決して悪いものではない。あたり前のことです。しかしあたり前と承知していながら読者のなかにも御自分の性衝動をなにかはずかしい、暗い、善くないもののように感じておられる人はかなり多いのではないでしょうか。まして御自分の性的傾向がレズとかS・Mに傾いている人はこの気持が非常にあるように思います。

私はレズの友人を二、三人持っていますが、いつも彼女たちに言うのです。レズであることは必ずしもあなたたちの道徳的悪とは関係がない。それを非難する権利は社会にはない筈だと。S・Mにしろ、その他の性的傾向についても同じことだと私は思っています。
むしろ問題はそうした性慾や自分の性慾の形をいまわしいもの、暗いものと考える陰湿な気持のほうにあります。あるいはそれを善くないものとして抑圧し、私の言う「捌け口」を与えてやらないことにあります。抑圧したものに「捌け口」が与えられぬ時にはそれは歪んだ形で噴出してくるからです。

私は医師ではありませんが、多くの神経障害は無意識下に抑圧したものか、あるいは「捌け口」を持たないために起ったものだというぐらい知っています。

あなたたちも時々、ヒステリーをお起しになるでしょうが、その折、胸に手をあてて考えてごらんなさい。そのヒステリーは充《み》たされぬもの（フラストレーションと言います）が心にあって、それが正当な捌け口がないために生じたものが実に多いことに気づかれるでしょう。

たとえば夫への不満が重なった妻がやたらと子供にあたりちらす、という例はよくあります。特に性的にみたされぬ妻にはそれを口にしたり、夫に要求するのが恥ずかしく思われるので自分の性慾を抑圧しますが、それが子供への八つあたりという形になってあらわれることが多いのです。またあるいはある医師がデパートで万引きをした女性たちを調べたところ、そのなかの何人かは性的フラストレーションを万引きという行為によって解消しようとしていたそうです。性慾がいけないのではない、抑圧したものが悪いのではない、抑圧したものに捌け口を与えてやらぬから正当な噴火口ではなく、とんでもない地点からこれが噴出するということが、これでおわかりになったでしょう。

心に窓をあけて

もちろん、だからと言って私はあなたたちのなかで結婚しておられる方に「浮気」をこっそりやれなどと奨《すす》めているわけではありません。結婚している女性がすべて夫によって精神的にも肉体的にも充たされるとは限りませんから、その半分は何らかの不満やフラストレーションを持ち、それを無意識下に抑えこんでいると言えましょう。

その際、いちばん良くないのは抑圧しっぱなしにして、適当な捌け口を見つけないことです。そして起さないでもいいヒステリーを起し、周りにあたり散らし、夫からはますます嫌われ、子供からも鬼婆《おにばば》あなどと言われる女性は聡明《そうめい》に生きる知恵のない見本みたいなものでしょう。

捌け口はどのように見つけるか。それは確かに、それぞれによって違います。ある女性は熱中できる芸ごとをみつけ、それに夢中になることでフラストレーションを発散しています。ある女性はママさんバレーで体を使うことでフラストレーションが彼女を苦しめるのを忘れようとしています。

しかし私はこの際、率直に御主人以外の男性とつき合うことをお奨めします。と書くと遠藤はとんでもない事を言うとお叱りをうけるかもしれない。しかしまあ待ってください。私は別にある特定の男性とつき合えと言っているのではない。

私がお奨めしているのは特定の男性ではない、男性もたくさんいるグループ活動に参加しなさいと申しあげているのです。

さいわいなことにはこの数年、社会には男女が一緒に遊んだり、学んだり、何かするグループがたくさんできました。男女のコーラス・グループがあります。まじめな社交ダンス・グループもあります。バード・ウォッチングのグループもあります。私の「樹座」もあります。

そういう楽しいグループに入ることで夫以外の複数の男性と友人として交際することはこれからの既婚女性には絶対によいことであり、また結婚生活の持つ、どうにもならぬ単調さを救ってくれるものだと私は考えています。

なぜなら、そういうグループで夫以外のたくさんの異性とも軽い友人として交際することで、あなたのなかの性的フラストレーションはまったく消えるとは言いませんが、かなり消えるからです（もちろん、その際、軽い友人以上の交際にならぬよう知恵を働かすことは必要でしょうが……）。その上、それによってあなたは軽い社会参加をすることになり、今まで家庭にだけ閉じこもっていた窒息的な空間にひとつの窓を作れるのです。その窓には風が流れこんでくるでしょう。男の匂いのする風が。それをあなたはそっと嗅げばいいのです。

　こういうあり方は別に御主人を裏切ることにはなりません。裏切るどころか御主人にたいしても利点が二つある。一つはあなたがイキイキとするのを御主人は見て悦ぶかもしれない、もう一つはそのイキイキしたあなたに彼が嫉妬めいたものを感じ、あなたに再執着するかもしれないからです。

「私には手のかかる子供がいるから」

　そうおっしゃる方には、こう申しましょう。では子供をつれてそのグループにいらっしゃい。そういうことを寛大に許してくれるグループをみつければいいのです。手前味噌ですが私の「樹座」などは子づれ母さんを拒否しません。お母さんが稽古している時、私や他の女性たちが彼女の子供をあやしますから。

もう一つの考え方

抑圧に負けるとき

抑圧したものには適当な捌け口を与えてやるべきだと前に書きました。我々が自分の欲望や感情のままに生きることのできないのは、この社会が共同生活だからでしょう。

共同生活にはそれなりの秩序や社会道徳があります。その秩序や道徳と我々の欲望や感情とはいつも調和するとはかぎりません。

欲望通りに独走すると我々は誰かを傷つけます。くるしめます。非難や制裁もうけます。だから我々は自分の欲望や感情を抑えつけねばなりません。これは仕方のないことです。

しかし、だからと言って抑えつける欲望や感情が本質的に悪いものだと錯覚していないでしょうね。

たとえば妻が夫以外の男にある感情をもつ。それを夫にたいしても社会的にもいけないと考えて、心の奥に抑えつける。

だが、妻が夫以外の男にある感情を持つのは時としてやむをえない場合だってあります。その感情自体は決して悪いものではない、と私は考えています。それは人間として当り前の、ごく自然のなりゆきです。

社会的に善いか、悪いかは、その感情を妻がどう処理したか、発散したかの手段と結果によってきまります。

これは若い男の子の性慾の例を出せばもっとわかるでしょう。御存知のように高校生ぐらいの男の子は性慾に悩むものですが、それは当然の生理的欲求です。だが真面目であればあるほど、その高校生は性慾に悩む自分を汚いと思い、自己嫌悪に陥ることがあります。

けれども誰が考えたって性慾それ自体は決して悪いものではない。それを彼がどういう形で発散したかの手段と結果が問題になるだけでしょう。

例をひとつあげます。実例ではさし障りがあるでしょうから小説にします。面白い作品ですから皆さまも読書の秋に読んでごらんなさい。ジュリアン・グリーンの『モイラ』という小説です。

主人公はジョゼフという糞真面目《くそまじめ》な学生で、熱心なピューリタンなため、入学した大学の友人たちが猥談《わいだん》をするのを耳にしただけで、嫌悪と怒りとを感ずるのでした。彼は講義のシェークスピアにも女性の肉体の個所が出てくると、それが心を傷つけ、けがらわしいと思うくらいです。

その彼がたまたま一人のプレイ・ガールに会いました。モイラという娘です。モイラはこの堅物の青年をからかい、侮辱し、そして皆の嘲笑の種にしようとしました。

ジョゼフはそんな彼女を軽蔑し、憎み、いやらしい女だと思おうとします。しかし、そう思おうとすればするほど彼は彼女のことが気になります。気になるから彼はその感情を抑圧しました。

しかし、ある冬の夜、モイラは彼の部屋に突然あらわれました。彼女は彼を小馬鹿にし、高を括《くく》っていたのです。一寸したはずみで二人の体がふれた時、青年の抑圧していた欲望が噴出しました。ジョゼフはモイラにとびかかり、あれほど怖れていた行為を犯し、いや、自分にその行為を誘《いざな》わせたモイラを扼殺《やくさつ》してしまうのです。

この小説のテーマはもっと複雑ですが、このジョゼフという青年のように欲望を「悪いもの」とみて心の底に抑圧すれば抑圧するほど実はそれが彼の最大の関心事となって頭にこびりつく――といった例はこの年頃の男にはよくあるのです。彼は抑えつけるだけで、発散する出口のことを考慮しなかったからです。

二分法より三分法

こうした落し穴に陥らぬために、ひとつ、今後、次のような考えを持っていただけませんか。

それはあなたの頭のなかにある二、、、分法の考えかたをできるだけ捨てて、三、、、分法の考えかたに馴《な》れていただきたいということです。

と言っても、これだけでは何のことか、おわかりにならないでしょう。

二分法の考えかたは、幸福と不幸、健康と病気、善と悪というようにこの人生のすべてを対立した二つに分けて考える思考方法です。

この考えかたは我々が幼児のころから教育や習慣で頭のなかにたたきこまれ、当然だと信じこんでいる思考方法だと言えましょう。黒に対して白。金持にたいして貧乏。悦びにたいして悲しみ。熱いにたいして冷たい。我々は人生や人間をみる時、いつもこういう分けかたをします。

これを二分法というのです。

しかし一寸、頭をひねってみますと、もの事は二分法で割りきれるほど単純ではありません。皆さんは大美人ではないが、といってそれほどブスでもない。まったく幸福とはいえぬが、しかしそれほど不幸ではない三つ目の状態だってあります。悦びと悲しみとの中間の感情だって存在する筈です。人生や人間は二分法で割りきれず、その中間か、もしくは対立した二つのものを併合している状態だってあるのです。だから、これを三分法と言ってよいでしょう。

私は皆さんに今後の人生ではできるだけ二分法の考えを捨てて、三分法の考えを採用しなさいとお奨めするのは右のような意味なのです。

たとえば皆さんが長い病気にかかっておられても、完全な健康を獲ようと考えず、半分、病気だが半分は良い状態で人生を生きようと考えることだってできます。そしてそのほうが気分の上で楽です。楽な上に心の収穫も多いのです。それはちょうど金持ではないが貧乏でもない中産階級が一番、気持の上で楽で得だというのとよく似ています。すばらしい美人だとその分だけ人生に損をします。男につけねらわれたり、背のびをせねばならなかったり、うぬぼれた傲慢な性格になったりして損です。美人でもなく醜くもない中間の顔だちが一番、気持の点では楽なことは申すまでもない。不必要なことにわずらわされないですむからです。

さて話を元に戻しましょう。我々はこの社会で他の人たちと共同生活をするためには、いろいろな慾望や感情を抑圧しなければなりませんが、この慾望や感情をモイラの主人公のように悪いことだときめつけてはいけません。また抑えつけて生きることが正しいことだと思うのも間違っています。

なぜなら我々が社会の共同生活に順応すればするほど、自分の個性を失うからです。自分の特色、自分の個性といったものは多くの場合、抑えつけた感情や慾望のなかにあるのです。

社会や世間に順応して満足している男の顔を想像してください。それは無難で安全な生きかたかもしれませんが、個性ある生気にみちた何かが欠けています。一方、世間体や世の常識を無視して自分の感情のままに生きる人は他人を傷つけ、社会的非難をうけますが、やはり、その人だと思わざるをえません。

だから抑圧する感情や欲望は——たとえそれが烈しい性欲やレズ的感情であれ——それ自体、悪いのではありません。よい種も持っているのです。これが三分法の考えかたです。

しかし、個性というよい種を持っているとはいえ、それに溺れて生きると、他の人を無視したり社会道徳をふみにじったりしないとも限りません。抑圧したものはいい面と共に悪い面も持っています。

このように、善い面と悪い面との二つの面をすべてのものに見つけられる思考方法に今日から切りかえて頂きたいのです。

仏教はさすがにこの点をはっきりと見ぬいていて、善悪不二《ふに》と言っています。善と悪とは別々の二つに分割されたものではないのだ、という考えかたです。二分法の考え方はおよしなさいと奨めているのです。

だから仏教では分別を嫌います。分別とは字引には「道理をわきまえること」と書いてありますが、本来は物事を区別をつけて考える思考法のことです。分けるから分別というのです。善と悪と二つに分ける考え方を分別智《ち》と言います。そしてそういう二分法の考え方を捨てなさい。なぜなら善にも悪の要素あり、悪にも善の要素ありだからだというのが仏教の考えかたです。

さて、これを我々が抑圧する欲望や感情に適用してみると、同じことが言えるのではないでしょうか。

みなさんは、自分が抑えこんでいる欲望――性欲でもいい、レズ的感情でもいい、その他、嫉妬でも怒りでも恨みでもいい――それをひたすらに悪いものだと思っていないでしょうか。

そういう考えかたを今日からやめようじゃありませんか。

信念の魔術

心にひそむ種子

前に私は無意識に我々の心が操られないためには適当な捌け口が必要であると申しました。そしてやや我田引水かと思いましたが、その捌け口の一つにもなっている劇団「樹座」のことなど御紹介いたしました。

抑圧したものに適当な捌け口を与えること。それはかしこい生き方のひとつです。抑圧したものの集積はストレス（歪み）をひき起しますし、抑鬱症や神経衰弱の引き金にもなりかねません。だからそれに出口をつけてやるのは、賢明です。

しかし我々の心の奥底にはただ抑圧したものだけが溜っているのでしょうか。心の奥底の無意識とよばれる世界は抑圧したものだけでできあがっているのでしょうか。

今日はこのことをお話ししたいと思います。そしてあらかじめお断りしておきますが、話が少しムツかしくなるかもしれない。

けれどなるたけ我慢して読んでください。この坂路《さかみち》を通過してもらえれば、あと非常にあなたの生活にタメになり、利益になる話になります。

まず、アラヤ識という言葉をおぼえてください。別にむつかしくはない。ヒマラヤ山脈の名は誰でも御存知でしょう。あれはヒマ＋《プラス》アラヤを縮めて出来た言葉なのです。ヒマは雪という意味。アラヤは溜ってる場所という意味。したがってヒマラヤとは雪のたくさん溜っている場所という意味です。アラヤは溜っている場所、だからアラヤ識とは心のなかで（いろいろなものが）溜っている場所という大乗仏教の言葉なのです。心のなかでいろいろなものが溜っている無意識のことを仏教ではアラヤ識というわけです。

ムツかしいですか。別にムツかしくはありませんね。

しかし今の深層心理学などが問題にしている無意識のことを仏教はアラヤ識とよびもうずっとずっと大昔に考え、分析し、その働きを究明していたのですから驚くほかはありません。特にこのアラヤ識のことを究明したのは唯識論という仏教の学派です（中央公論社で大乗仏典の全集を出しており、そのなかに唯識派の仏典が一冊入っていますから、詳しく知りたい人はそれをお読みになるといいでしょう）。

さて仏教では無意識（アラヤ識）をどう考えているか。

仏教ではここを抑圧したものの溜っている場所というだけでは考えません。

御存知のように仏教は我々の人生の前に前生《ぜんしよう》があると申します。私は自分の前生が何だったかサッパリ知りませんが、少年の時、一匹のオイボレ虎の夢をみたことがあります。そしてその虎が自分の前生の姿だったと夢のなかで、また夢から覚めたあとで確信した記憶があります。

私の前生が虎だったかどうかはわかりませんが、今、人間に生れ変ったところをみると、虎は虎でもかなり善い虎だったにちがいありません。というのは仏教では前生での我々の行いが業《ごう》となって今生《こんじょう》での「生れかた」「生きかた」に深い影響を与えるというのですから、虎から人間に変ったのも前生でのお蔭《かげ》だといえるからです。だからあなたたちはトイレで金バエを見たら、その前生を考えて泪《なみだ》ぐんでやってください。ひょっとするとその金バエは前生ではトイレにいる女を覗《のぞ》いていた出歯亀のなれの果てかもしれない。そしてお宅のポチも前生は人間だったかもしれない。ただその生き方が悪かったため、今の世ではポチになり金バエになっているのかもしれない。

いずれにしろ、前生での生き方は今生にも多大の影響を与えていると仏教は考えます。これを業というのですが、この前生からの業の影響力がいまだに現世のあなたのアラヤ識のなかで活動しているのだそうです。

前生からの業だけではなく、たった今のあなたの思いや行動もあなたのアラヤ識のなかで影響力をもった種子《ヴィジャ》をつくりだします。そしてそれらの種子が渦まいては意識に噴出し、行為をうみ、その行為がまた新しい種子をアラヤ識のなかで生むのだと唯識論は言っているのです。

少し頭が痛くなってきましたか。

では、やめてこう考えてください。あなたの心の奥底にはアラヤ識（無意識）という場所があって、それがあなたの表面の心（意識）につよい力を与え、あなたの行動を作りだしているのだと思えばよいのです。

たとえば、あなたが嫉妬ぶかい行為をしたとします。その行為はあなたの心にある我欲と執着が生じたものなのですが、アラヤ識にはそうした我欲と執着を生む可能性のある種子が活動しているのです。もっとも種子はすべて悪い結果や行為を作りだすとは限らず、無量種子といって悪い行為を生む種子を浄化してくれるものもあるのですから、我々の行為は善かれ悪しかれ、その種子の結果だと言えるでしょう。

念じれば通じる

むつかしい話はこれでおしまい。御苦労さまでした。

私がなぜ、そんなむつかしい話をしたかというと、最近、私は本屋で無能唱元《むのうしょうげん》さんという人の本をみつけ、なにげなく、それを読んで大変、面白く思ったからでした。

無能さんは（後に彼に会って直接、話をすることができました）もともとギターを奏《ひ》く人ですが、禅やヨガにもこったと言いますから求道家《ぐどうか》の一面を強く持たれた人なのでしょう。

その彼は大乗仏教のアラヤ識を学んでこう考えたのでした。アラヤ識（無意識）がそれほど我々の心（意識）や行為に強い影響を与えるならば、逆にこのアラヤ識を利用すれば人間は幸福を摑《つか》めるのではないか。アラヤ識をいつも暗いものにせず、明るいものにしておけば、心のほうも明るいものに変るのではないか――そう彼は考えたのです。

そこで彼は禅やヨガでの経験を基にして、心をリラックスするポーズを考えだしました。それは一本の蠟燭《ろうそく》の火やコップを前にして、できるだけ楽な坐りかたをして、じっとその火かコップを見つめるというやり方です。もちろん、部屋は静かでうす暗いほうがいい。

そういう姿勢をとっていると心の雑念が追いはらわれて、少しずつ無心の状態になります。この時、まぶたの裏にあかるい、希望にみちた夢のイメージを具体的に思いえがけというのです。そうすれば、それがアラヤ識の種子となり、その種子がかならず、その夢を実現させてくれるというのが無能さんの考えです。

たとえば、あなたが素敵なスポーツ・カーがほしければ、無心の状態でまぶたの裏にそのスポーツ・カーに乗った自分を思い描くといい、無能さんはやがてその夢が実現するとさえ言いきっています。

馬鹿な、そんなことがあるものか、とおっしゃるかもしれませんが、しかし私はもうずっと昔に翻訳されたアメリカの本で『信念の魔術』という本が無能さんと同じようなことを書いていたのを思いだします。彼にその本を読んだことはないかとたずねましたら、彼はその本の内容とアラヤ識とを自分は結びつけたのだと答えていました。そこが無能さんの独創的なところだと私は感心した次第です。

私はこのような考えを突飛だとは決して思いません。逆にこの方法は大いに採用すべきであるとさえ思っています。

というのは私自身も折々、この方法で自分の夢を実現させてきたことがあるからなのです。

私は戦後はじめての仏蘭西《フランス》留学生ですが、まだ日本が戦争の被害から立ちなおらず、他の国々と国交もなかったその頃、フランスで勉強できたのは、当時、心のなかでいつも「いつか、俺は留学する」と念じていたせいだと今でも思っています。信念は心の底の無意識にしみこみ、それぞれが力となって自分の夢を実現させる方向にもっていくことを私はその時はじめて知ったのでした。

心に美しき種を抱く

どんどん美しくなるには

私の友人で福富太郎《ふくとみたろう》さんという実業家がいます。もう十年ほど前に彼と対談をし、また彼をモデルにした小説『快男児・怪男児』という小説を書いてから親しくしていますが、みなさんのなかにもこの人をテレビで見て知っておられる方も多いでしょう。

その彼は一介のボーイから今日のキャバレー王まで成功した人です。その出世の秘密はいろいろとあるのですが、その一つは彼が太閤記《たいこうき》を愛読して、自分の一生を秀吉の一生に重ねあわせることにあったと話していました。

彼がボーイ時代は、自分を草履とりの頃の秀吉——つまり日吉丸《ひよしまる》だと思い、マネージャーになると自分は今、（秀吉の）藤吉郎（時代）だと考えるようにしたのです。たんに考えるだけではない。福富さんは藤吉郎になりきるために、名前も藤吉郎とあらためたそうです。もっと出世すると今度は秀吉と改名しました。

そうすることで、彼は秀吉になりきろうとした。秀吉の人生をそのまま生きようとしたのです。それが彼の出世の秘訣《ひけつ》だったと言います。

これは言いかえると前の無能唱元さんのやりかたと同じです。

無能さんの場合は坐禅《ざぜん》スタイルをとって、心を静かにして、自分の願うことをまぶたの裏に思いえがき、その影像をアラヤ識にふきこむというやりかたですが、福富さんの場合は、秀吉の生涯の各場面（日吉丸時代、藤吉郎時代、秀吉時代）を具体的に思いうかべ、それをアラヤ識に吹きこんでいたのです。方法はそれぞれ違いますが、アラヤ識の活用のしかたは結局、おなじだったわけなのです。

だから福富さんも知らずして彼のアラヤ識を利用して、ボーイからキャバレー王に出世したと言えましょう。

その彼が面白いことを私に言いました。

「先生、ふしぎですよ。うちのキャバレーには毎日、何人かの新人ホステスが入ってきます。入りたての頃は地方出身の女の子で、まことにアカぬけない。でも私はこの子たちにエレベーターで会うと、言ってやるんです。あっ奇麗になったなあって。するとふしぎですねえ。その女の子たちは次第に、びっくりするぐらい奇麗になりますよ」

女性のあなたはこの福富さんの言葉がよくわかるでしょう。

女は男からほめられると、ほめられた分だけ美しくなる。よく、そう言われます。

私もそう思います。私もその後それを実行してみると、女の人がどんどん美しくなったような気がします。だがたった一人の例外がある。

それはうちのカミさんですが……。これ以上はこわいから書かない。

なぜそうなのか。ここまで読んでくださった人はもうおわかりの筈です。

そうです。男の「奇麗になったな」という言葉は女にとって百回の瞑想《めいそう》より、彼女のアラヤ識に吹きこまれるのです。そしてそのアラヤ識が今度は彼女に自信をもたせる。更に自信が彼女を美しくさせます。福富さんはそのやりかたでホステスを美しくさせたにちがいない。

こうした例を書かなくても、次のことははっきりとしています。

自信のない時、女は美しくなくなる。

パーティーなどの時、自分の服装に劣等感を感じた女性は眼鼻だちはいいのに、何となく魅力を失ってます。そんなことは女性なら誰でも経験があるでしょう。

嫉妬心にかられた時、女は醜くなる。なぜなら嫉妬とは自信を失いかけた心理が核となっているからです。男から愛されなくなったのではないかという自信のなさ、自分より強くみえる者にたいする自信のなさ——これはもう、はっきりとしています。

だから我々は自信を自分のアラヤ識に吹きこめばよい。

たとえば毎朝、鏡をみて、

「わたしは美しくなる。美しくなる」

とくりかえして心で言う人と、

「わたしはどうしていつも男の人に好かれないんだろう」

と愚痴っぽい気持で自分の顔をみる人とでは一年後、いや半年後には魅力がちがってくるものでしょう。アラヤ識、無意識の活用を知っている者と知らぬ者とでは、そこで人生が分れるかもしれません。

アラヤ識の大きな力

最近、ある非常に興味のある話をききました。

米国の医師が癌《がん》の患者に実験した抗癌剤の話です。

御存知のように現在までの抗癌剤はどれも絶対的な力はありません。効果がないとは言えませんが、しかしその効果には限界があるのです。

しかし、この米国の医師は自分のある患者に抗癌剤を与えて、こう言いました。

「これは新しい薬で効果は絶対なのです」

患者はその医師の言葉を信じて薬を飲みつづけました。そして驚いたことには数カ月後、彼の癌細胞は消滅してしまったのです。

ところが、その医師はその後に大きな過ちを犯してしまいました。

というのは彼はその患者に事実をうちあけたのです。

「実はあの薬は新しい抗癌剤ではなかったのです」

患者はショックを受けました。そしてふたたび癌が再発したのです。びっくりした医師は同じ薬を投与したのですが、今度は効き目はあらわれませんでした。

これは実話です。そしてこの話は病気や薬にたいしても無意識（アラヤ識）の力が大きな作用をすることを示しています。

もし、あなたに医師の友人がおありならば、右の話をして訊ねてごらんなさい。

「そんなことって、あるでしょうか」

経験のゆたかな医師ならば、この話を肯定する筈です。経験上、彼は同じ薬でも患者がそれを「効果ある」と信じて飲む時と「きくものか」と思って飲む時では効果がちがうことをよく知っているからです。

薬だけではない。信頼できる医師とあまり好感のもてぬ医師とでは同じ治療をしても治癒率のちがうことはよく知られている事実です。病気というものは、たんに肉体だけに関わるのではなくて、心にも関係しているからです。

このように無意識の力は我々が考えている以上に強力で大きいのですが、意識のほうにだけ重点をかける近代の西欧合理主義では、長い間、無意識の力などあまり問題にしませんでした。それがやっと西洋で陽《ひ》の目をみたのは深層心理学の探究が人間の内部にメスを入れたためですが、東洋のほうでは西洋とは逆に意識よりも無意識のほうを重視しつづけてきたのです。

たとえば仏教——仏教ではみ仏の働きは意識ではなくて、無意識（アラヤ識）のなかで営まれることを力説しています。この事をくわしく書くと論文のようになるので避けますが、アラヤ識には悟りの可能性をもった力が働いて、我々の煩悩や執着を浄化してくれるというのが大乗仏教の考えなのです。また禅では意識的なもの——たとえば言葉で考える、理性で考える、頭脳で考えることなど——のいっさいを否定することから、すべてがはじまります。

これ以上、説明すると話がむつかしくなるのでストップしますが、要は東洋では昔から無意識の働きを重視していたと御理解ください。そして合理主義にゆきづまった西洋の思想家たちが、今、無意識をあらためて考えなおし、東洋的な思考方法に接近してきた事実をお憶《おぼ》えになっておいてよいでしょう。

もっと豊かに　もっと自由に

悪女と思われる方は手紙をください

二つの悪女のパターン

無意識について考えているうちに、私は当然、悪とか罪という問題にぶつからざるをえなくなりました。だから、悪についてしばらく考えてみたい。

ところであなたは御自分を悪女とお思いになりますか。

よく女優が「どういう役をやりたいか」と言われると、阿呆《あほう》の一つ憶えのようにこう答えます。

「悪女の役をやりたいんです」

そういうインタビューの記事に出あうと私は、ほう、ほうと思わず声を出します。

ほう、と声を出すのは、現代の女性は昔の女性とちがって、何か悪女に心ひかれる部分がどうもあるらしい。悪女になりたいという潜在的欲望を無意識下に持っているらしい。

その気持は現代女性の多くが善人でよい男よりも悪っぽい崩れた男に魅力を感じるという点にもよくあらわれています。

現代では善とか良とかはあまり歓迎されません。これを読んでおられるあなただって、

〝善良な男〟、この文字からどういう印象をえるかと言うと、

〝臆病、非冒険的、小心、常識的、体制順応主義、みみっちい、毒にも薬にもならない〟

というイメージをすぐ思いうかべるにちがいない。

そして反対に、〝悪い奴〟という字からは、

〝大胆、不良、冒険的、力づよい、圧倒的、毒だが楽しい〟

などというイメージを持たれるでしょう。

だから現代女性は自分自身は小心で常識的なくせに、自分にはない悪っぽいものを男に求めるし、また女優は悪女を演じてみたいと思うにちがいありません。

私は二年ほど前からこういう現代女性の心の裏側をもっと探りたくなり、悪女さがしをやったことがあります。二、三の雑誌の誌上をかり「御自分が悪女と思う方は御連絡ください」と読者から悪女を募集したことがあります。

結果はムザンでした。返事がなかったわけではありません。たしかに十四、五通の自称「悪女」からお手紙をいただき、お目にかかった人もいました。

しかし彼女たちは悪女などではなかった。その半分は悪女願望者であるにすぎず、他の半分はたんに男性と多く関係したとか、夫ある身で他の男と交渉したとか、男をたくさん捨てたとか――盗みでいうとコソ泥程度の人たちばかりで、まったくガッカリしたものでした。

そして私はよく世間では女は魔性とか、悪女は怖《おそ》ろしいと言うけれど、厳密な意味での悪い女などはこの世には存在しないのではないかと思いこむようになりました。

というのは私の知る限り、世に悪女というのはたかだか二つのパターンにすぎぬからです。

(一) ひとつは男への執着、恋情、愛情のために罪を犯してしまう――。

むかしフランスのリヨンで留学生活をやっていた頃、リヨン裁判所によく傍聴に出かけましたが、その時、自分の六歳になる娘を殺そうとした女の裁判を聴いたことがあります。

彼女は前の夫との間にこの娘を産んでから離婚して、自分の手で子供を育ててきたのですが、やがて一人の男を愛するようになった。

ところがこの男が大の子供嫌いで、彼女の娘の存在を嫌がりました。女のほうは男の愛をつなぎとめたいため苦しみますが、遂に意を決して娘をガスで殺そうと決心するのです。さいわいガスの臭いで隣人があやしみ、娘は昏睡《こんすい》したまま助かったのでした。

その裁判を傍聴した時も、私はこの母親を悪女とはつゆ思いませんでした。というより女性にとって男への執着は時には彼女の母性愛まで消してしまうのかと驚くと共に、彼女があわれでなりませんでした。

女の犯罪の八〇パーセントは男への執着から行われるとある弁護士に聞いたことがあ

ります。とするともし男が彼女を倖せにしていたなら、その女の生涯はおそらく狂わなかっただろうということです。

悪女は多くの場合、男のために尽した女とも言えます。尽した結果が彼女を悪女にしたのです。男のために銀行から他人の金を横領してフィリピンに逃げた女性の事件がありましたが、あれなどはその一例でしょう。

そうしてみると、私はやっぱり悪女などそう存在するものではないと言いたいのです。だから御自分が悪女と思う方は私に手紙をください。

悪女は男次第?

(二)　悪女は男次第で善女にもなりえるのである——。

そうしてみると女が悪女に変ったり、善き女になったりするのも、男や子供への愛情からだということになります。逆に言うと女は男からの愛されかたによって変るのだとも言えます。

こういうことを書くと「それでは女に主体性はないのか」とウーマン・リブの方たちに叱られそうですが、愛や愛慾の渦中にはいれば、男と女との社会関係は対等だとか平等だとか言っておられぬ場合があることは経験者ならば誰でもわかることです。愛慾の世界では相手への執着がより強いほうが弱者になるのであって、多くの悪女は男の心をつなぎとめたい一心に罪を働いてしまうのです。だから彼女たちは罪を犯しても決して悪女ではありません。

私は水族館に行くのが好きですが、ある水族館で周りの砂の色にあわせて体の色を変えるヒラメを見たことがあります。周りの砂の色が灰色ならヒラメの体も灰色になります。薄褐色ならばヒラメも薄褐色になります。それを見た時、私は「女」を連想しました。女は相手の男次第で変色するからです。

そうしてみると私には「悪女になるのも善女になるのも男次第」という古い考えから抜けきれていないのかもしれませんが、現実に私が手紙を頂いたり、お目にかかった自称悪女たちは右の考えを保証してくれるようなものでした。

そのくせ一方では、よく「女はこわい」と半ば冗談に言う男たちがいますが、彼の言う「こわさ」はむしろ「しつこい」「うるさい」「面倒だ」という意味のほうで、当人も心の底から「怖ろしい」と感じてはいないのではないでしょうか。

男にとって女性がこわいのは、彼が彼女をひどい目にあわせた時の仕返しでしょう。この時だけは本当に男には女がこわいと思います。しかし、そのこわさは、彼女の仕返しのしつこさ、無茶苦茶のためです。それは彼が女をやぶれかぶれにしたからです。

やぶれかぶれになると、女は男が一寸《ちよつと》、考えられないほどの無茶苦茶をやります。私は前に新聞で男から捨てられた女性が、毎日のように彼の会社の重役に電話をかけて男

かぶれ

の仕打ちを訴え、遂に彼を失職させるまでやめなかったという記事を読み、女はやぶれかぶれになると何をするかわからないと深い溜息《ためいき》をついたものでした。

しかしこの女性だって男からそういうひどい仕打ちを受けなければ無茶苦茶をしなかったでしょう。彼女の行動も決して良くはないが、そうさせたのは男にも責任があります。そしてそれを棚にあげて「女はこわい」と男たちが言うのは、自分勝手にちがいありません。

では本当に悪女はいないのか、男への執着や男との関係とはかかわりなしに、悪い女は存在しないのか、女のなかの悪とは一体何だろうか。

これにたいし私はまず第一に私自身はまだ本当の悪女にはお目にかかったことはないが、悪女は存在するのだという漠とした気持をもっています。だが幸か不幸か私は彼女に邂逅《かいこう》していないだけなのです。なぜ私がそう思うに至ったか、それは私が女性を男性にくらべて本来、無道徳だと考えているせいかもしれません。

女は男にくらべて、はるかに無道徳である。

こう書くと読者のなかには傷つけられ、お怒りになるかたもいらっしゃるでしょう。だからこの点についての私の説明は次にゆずるとして、私はもう一度くりかえします。

「女は男にくらべ、無道徳である」と。

女は心の世界に生きる

一人の女の心の内側

今までに書いたことを具体的にするために一人の女性の例をあげます。

彼女に会ったのは数年前です。会った時から、どこか孤独な暗い翳《かげ》が顔にありました。と言ってそれは醜いと言うほどのものではなくて、わざと陽気にふるまっていてもその翳は私にはすぐわかりました。

私が小説家だということが彼女の気をゆるしたのかもしれません。三度、四度と一緒に、飲んだりしているうちに、少しずつ自分の過去を話してくれるようになりました。

しかし私は彼女の話のなかに嘘をついている部分、ぼやかせて隠している部分のあることに次第に気がつきました。それを言うと、彼女はびっくりしたように眼を大きく開いて、黙りこみ、

「どうして、そんなことがわかるのですか」

とたずねました。

「そりゃ、小説家だからね、これでも」

と私は答えました。

私は小説家ですから、どんな女性の裏側にもドロドロとしたものや、人に知られたくない秘密のあることぐらい承知をしています。だが私はそういうものが何であれ、非難したり批判したりする気がまったくないのです。

「人間だから」という気持がまず働くからです。

私には、いわゆる天性清らかな人への興味はほとんどと言ってありません。私が関心を抱くのは、心のなかにドロドロとした人間的な苦しみや悩みを抱いてきた人です。

だから私は彼女がある日、話してくれたことにも、まったく批判の気持は起りませんでした。その要点を書きます。

㈠　彼女は山の多いある地方の村の出身です。家は地主だったそうです。兄と弟があり、娘は彼女一人だけだったので、両親から――特に父親からは大事に大事にされて育ちました。父親は少女の彼女をまるで「恋人のように」扱ってくれたそうです。

㈡　しかし、その彼女が小学五年生の時に夜トイレに行こうとして両親の寝室で彼らの夫婦生活を目撃してしまいました。その場面は彼女に驚きを与えましたが、それ以上に、自分を「恋人のように」扱ってくれた父親が母親を抱いていることに衝撃を受けたのです。

㈢　この時から彼女は一人になることを好むようになりました。そして一人で近所の山に行ってじっとしていることが多くなったといいます。両親の秘密をみた彼女は父親が自分を裏切ったと思っていたそうです。その気持が彼女の無意識に父親をふくめた男一般への仕かえしという心理を起させていきます。

㈣ このかくれた心理が小学校六年の時に下級生の男の子を近所の山に連れこみ性的な悪さをするという行為にあらわれました。男の子は温和《おとな》しかっただけでなく、上級生の女の子との秘密を楽しむという面もあったらしく、二年ほど、二人の関係は続きました。大人たちは何も気づかなかったそうです。

㈤ この行為は彼女に自分が自由にできる男の子との快楽、欲望を植えつけています。そして成長しても彼女は自分の言いなりになる年下の男性を一人、たえず持つようになりました。そのくせ、彼女はそういう「弱々しい、自分の言いなりになる」男性にはみちたりず、「自分を引っぱってくれる」頼れる男性にも憧れ、かなり年齢差のある男と結婚しています。つまり彼女のなかには両方の型の男がほしいという気持があるのです。

㈥ 当然、彼女はたえず「うしろめたさ」と「罪の意識」に悩まされ、「夫には理解できぬ」形で離婚しています。私が彼女に会った時は離婚後一年目でしたが、そのためか、翳のある孤独っぽい顔をしていたのでした。

㈦ 彼女は現在でも「自分の言いなりになる」年下の男を次から次へと変えて交際しています。そのくせ、一方では頼れる男性にも憧れるという矛盾した心理を持っていました。

女はアラヤ識に支配されやすい

彼女の話を聞いた時、私は彼女の生涯のすべてを支配しているのではないが、その重要な出発点になっているのは、少女時代の父親との関係だと思いました。

一人娘であるゆえに父親から溺愛された彼女がたまたま父親と母親との性交の場面をみてしまった。

こういう経験のある女の子はもちろん多いと思いますが、この時、彼女は父親に裏切られたと思い、それが変化して父親を含めた男への仕かえしと、裏切らぬ男がほしいという二つの願望を無意識下に植えつけました。何度も使った仏教用語を借りて言うならば、アラヤ識にその種《ヴイジャ》が生れたことになります。

この種《ヴイジャ》が後々までも彼女の男性関係、男性へのイメージに決定的な働きをしているのです。男に仕かえしをしようとする気持は、彼女の年下の男を弄ぶ行為であらわれ、そのくせ裏切られない愛情を求める気持は、寛大なしっかりした年上の男性との結婚となってあらわれています。

だが当人はそういう自分の気持を動かしている無意識にひそんだ種《ヴイジャ》には一向に気づいていません。そして結婚をしても、離婚後も、どうしても年下の男を言いなりにする欲望を捨てきれぬ自分を罪ぶかいと思い、翳のある顔をしているのです。

私は彼女からその話を聞いた時、わざと声をだして笑ってみせました。それが一番の彼女への慰めだと思ったからです。私に笑われた彼女はムッとしたような眼をして、

「おかしいんですか」

とたずねました。

「ええ」と私はうなずきました。

「あなたは必要以上に自分の行為を重大に考えすぎているんですから。大袈裟《おおげさ》ですよ、あなたと同じような経験を持った女性をぼくはたくさん知っていますよ。もっと、びっくりするようなことをしている女性だってぼくの友人にはいますよ」

「本当ですか」

ほっとしたような、そのくせ不満そうな顔をする彼女に、私はどんな人間も外見にみせかけている以上に、ドロドロとした不潔な汚れた世界を持っていることを話しました。

「むしろ、そんなドロドロとした不潔な汚れた世界が自分の心にあるからこそ、人間なのだとぼくは思います。でなかったら、我々は皆、天使になっちゃいますよ。森永ミルクキャラメルの天使のような……。そしてその世界は我々の心の奥底にある無意識によって作られているのです。あなたの場合だって……目撃された御両親の夫婦生活のイメージが消えたのではなく、無意識下にかくれてあなたの心を次々と動かしていったので

す」

そして先程の私の簡単な分析を彼女に話しました。

「でもそういう思い出やそれから作られた抑圧心理や、抑圧心理が噴出してうしろめたい行為をするなんて、どんな人間にもあるんです。あなた一人じゃないんですよ」

「先生にだってありますか」

「あたり前でしょ。ぼくは別に天使じゃないんです。しかも小説家ですよ」

やっと彼女は嬉《うれ》しそうな、しかし少し悲しそうな笑顔をみせました。

私はもちろんこの会話を彼女を慰めるためにしたのですが、それだけではありません。むしろ本気で言ったのです。私はどんな人間の心にもいまわしい思い出や抑圧した慾望が火山の泥池のように煮えたぎっている無意識があり、その無意識が我々の行為に影響してくるのだと信じていますし、そのことはたびたび書きました。だから「いまわしい無意識」を持つことは人間的であるとさえ思っています。

そして女は男にくらべてこの無意識にはるかに支配されやすいと私は考えているのです。更にこの無意識に支配されやすいゆえに女は実は無道徳なのです。

だが誤解しないでください。無道徳と私は言いましたが無倫理だとは決して言ってはいません。

では道徳と倫理はどうちがうか。道徳などはその時代時代の社会の秩序を守る約束ごとです。戦争中には戦争社会を守る約束ごと――つまりあの時代の道徳がありました。あの時代の道徳では敵ならば人を殺しても善かったわけです。しかし戦後社会ではそれが一転してすべての殺人はいけないわけです。道徳なんて、そのようなものです。しかし倫理のほうは道徳とちがって、その時代時代の社会に左右されません。

私が女が無道徳だと言ったのは本当は女の人は社会の約束ごとなんか信じていないからなのです。あなたたちも胸に手をあてて考えてごらんなさい。あなたたちは男ほど社会の約束ごとに眼の色を変えはしないでしょう。

女にとって生きる動因になっているのは心のなかにある無意識世界なのです。

女の不思議

女を描くのはむつかしい

新聞や婦人雑誌の随筆欄に、よく母の倖せにふれた読者投稿が載ることがある。

家族が出かけた家で、洗濯をやりながら、ふと風呂場の片隅においた洗面器に末の息子のとってきたメダカが泳いでいるのをみて故郷を思い出し、そして、苦労もあったが今は充分、ささやかな母としての倖せを感じるというような文章がその一例である。

みなさんも、その種の随筆や短い手記をきっとお読みになったことがあるでしょう。

私もこういう文章を読むのが嫌いではない。彼女が感じている幸福のあたたかさがほのかに読む者にも伝わってくるような気がするからです。

読みながら、やんちゃな末の息子のとってきたメダカに眼をやっている中年の母親の姿も眼にうかびます。

しかし、同時に、そういう疑問を起してはいけないのかもしれぬが、やっぱりひとつの疑問がふと心に起きるのです。

それだけではない、それだけではないという疑問です。

彼女のつかんだ束の間の倖せ、母になりきっているこの時間。しかし彼女のなかには母だけではなく、女の要素もあるのだ。女の部分のなかには——魔性の部分だってあるかもしれない。

そういう女の部分、魔性の部分は、末の息子のメダカを見ている彼女の心から永久に消え去ったのでしょうか。

消え去る筈がない。それは今は一時的に鎮火している筈だ。しかしそれはまた、いつ炎となって燃えるかもしれない。そんなことは彼女にはまだわからない。

新聞や婦人雑誌の投稿欄にのった中年女性のしみじみとした文章には、ほのぼのとした暖かさがありますが、と同時に今言ったような薄気味わるさもかくれているのです。

家庭の倖せ、母の悦び——それだけがその人にとって本当にすべてか（すべてなら、こっちも気が楽なのですが……）、彼女はその倖せや悦びがあたかも絶対的でいつまでも続くような書き方をしているけれど、それは薄氷のようなもろさがあるのではないか。

そして小説家の私はこの書き手である母親の過去をあれこれと想像してしまう。

彼女にも女としてのさまざまな経験があったにちがいない。子供たちのお父さんとなった男性と家庭をもつまで、別の男性に傷つけられたり、泣いたり、相手を傷つけたり、もっと烈しい愛慾《あいよく》の炎に身をこがしたりしたでしょう。しかし、そういう過去の匂いはこの随筆のどこにもない。

こういう随筆は私に山のなかの小さな沼を連想させます。時折、風がふくと小波《さざなみ》の波紋ができるほかは、まったく静かな沼。しかしその沼の底にはいろいろな生命がうごめき、食べあっているのです。

右のような見かたを既に母となって落ちついた女性にするのは失礼でしょうし、またひどいとおっしゃる人もおられるでしょう。

しかし女とはそんなに単純なものでしょうか。娘時代は清純で、母になれば子供にたいする母性愛だけにみちみちているほど、女は単純なのでしょうか。

私は決して、そう思いませんし、思えないのです。

私自身、小説のなかで女を描く時ほど辛いことはありません。というより、私自身の純文学のなかで女をあまり登場させないのは、女性を描くのが実にむつかしいからなのです。

よく「女を書けなければ一人前の小説家ではない」と言われますが、私は今までの「女性をよく書いている」といわれる男性作家の小説はどうも眉唾ものだと思っています。どうして、それが眉唾ものかと言いますと、これらの小説は男性の眼を通して見た女しか書かれていない――そんな気が私にはするからです。

男性の女性を見る眼には、どうしてもその男自身の「こう、あってほしい」女性のイメージが働いてしまいます。いくら客観的に女をみよう、女の悪さ、女のエゴイズムを見て書こうとしても、そこには彼の期待や理想像がなんらかの形で作用するのです。

女は男よりずっと複雑

ユングという深層心理学者はこの男のもつ女への期待をアニマとなづけ、それはすべての男の、どうしても捨てることのできぬ、無意識の動きだと申しました。そして私もこのユングの考えかたに大体、賛成なのです。

作家といえど男性である以上、いくら客観的に女をみようとしても「こう、あってほしい」女性のイメージはその作品に織りこまれてしまいます。彼の無意識のアニマがひそかに浸透してしまいます。

だから私は、「女を書いてみごとだ」といわれる作品は眉唾といつも警戒してしまいます。たとえ、それが女性作家のものであれ、男性文学から影響をうけている限りは、やはり、完全に女を書いているとは言えないでしょう。

女とは一体、どんなものかは、あなたたち御自身が一番、御存知でしょう。

それは男たちの考えるような美しかったり、やさしかったり、可愛かったりするものだけではありますまい。女はただ自らのその部分を拡大して、男性の期待に添うように振る舞っているにすぎません。この事実は女性の読者であるあなた自身が一番よく御存知の筈です。長い間に女性は男性の眼をひくように芝居をすることに馴れ、しかもその芝居をしている自分自身を自分だとさえ錯覚する場合もありました。男性が幻滅するような部分、彼らをがっかりさせ、その期待に合わぬ部分を女性は意識下に抑圧して、ひたかくしにかくしてきたとさえ言えるでしょう。しかしその抑圧したものが決して消滅していないことは、もうくりかえし書きました。

私には女性は彼女自身でも自分がつかめぬほど、からまった暗い根のように、複雑で泥沼のように混沌として、奇怪でわけのわからぬ生きもののような気がしてなりません。それにくらべると、男はなんと単細胞であり、短絡的であるか。

しかしそうした混沌とした沼のような女性の姿を正視することが単細胞の男性にはできないのです。だから我々男性は女性に「可愛い」だの「やさしい」だの「母性的」だの、わかりやすい単純化したイメージを与えてこれが女だと納得しているにすぎません。男性作家の書く女性だって、それほど単純化はしていませんが、その周辺をうろついているようなものです。

また女性自身が自分たち女性をわざと単純化して悩んでいる傾向もあります。「翔《と》んでいる女」などはその一例です。あるいは「社会的女性」も同じです。これらにも女性の混沌たる内容を無視して、ひとつのイメージにまとめようとする傾向がやっぱり、うかがえます。

「女は真理を欲しない。女にとって真理など何であろう。女にとって真理ほど疎遠で憎ったらしいものは何もない——女の最大の技巧は嘘をつくことであり、女の最大の関心事は見せかけと美しさである」

これはニーチェの『善悪の彼岸』に書かれた言葉です。

おそらく、この言葉を読んで腹をたてない女性はいますまい。と同時にこの言葉を読んで腹をたてながらも、それを全否定できる自信のある女性もいますまい。どう考えても女性にはニーチェの言う要素がないとは言えぬからです。

しかし私はこのニーチェの言葉も女性のすべてをあらわしているとは一向に思いません。男性であるニーチェはやはり女性を単純化して見ているにすぎません。女性が「真理を欲しない」のは男性のいう真理が結局は一面的なものであり、この世界や人間が単一な真理でまとめられぬほど複雑だということを本能的に感じているからでしょう。

むかし、私と友人たちが夜を徹して文学や哲学や歴史を議論しているのを馬鹿にしたように聞いていた妻があとでひとりごとのように言いました。

「あなたたちって、幼稚ねえ。あんな議論をしたって意味ないじゃないの」

私はその時、彼女を軽蔑しましたが、今では一理あると思っています。

女は男より知っている

女は言いきれないものを感じている

「あなたたちって、幼稚ねえ。あんな議論をしたって意味ないじゃないの」

むかし、若い頃、友人たちと人生や人間について議論をしたあと、女房にそう言われた時代に、私は、

「君なんかに何がわかるか」

と大いに彼女を軽蔑したのですが、今になってみると彼女の言ったことも満更、間違っていないと思うようになりました。

なぜ、そう思うようになったか。

それはこの年齢になってみると、人生や人間には言葉ではとても語れない深いXがその底に沈んでいて、我々の言葉が人生論とか人間論とかで掬《すく》いあげるのは、せいぜい、その上《うわ》ずみにしかすぎない――そのことが次第にわかってきたからでしょう。

それをよく承知もしないで、人間や人生を言葉で言いつくせるかのように、若い頃は酒を飲みながら友人たちと口角泡をとばして論じあっていたのでした。

だが人間なんて――自分一人を考えてみたって「俺はこういう人間だ」などと、とても決められないですね。このことは、この随筆でくりかえし、くりかえし書いてきたことなのですが、「俺」や「わたし」のなかにはいろいろな要素がまじりあい、混《こん》じあい、とても一つや二つや三つのイメージでつかめるものじゃありません。

この頃、よくA型人間、B型人間、AB型人間と言うでしょう。そしてその血液型にしたがって、我々の性格を分類する記事を読む機会があります。

こういう記事は人間を「大ざっぱ」というよりは、ほんの表面をなぜるような摑みかたの代表ですし、そしてそれを読む者もその点はよく心得ているものですが、それと同じように自分でみた「自分」のイメージなども本当は同じ程度なのかもしれません。

前にくどいほど書きましたが、あなたたち女性の、本当は混沌とした部分をひとつのイメージやひとつのマスクでまとめられるものではありません。あなたは御自分が考えておられる以上に複雑で深く、ワケのわからん生きものなのです。

そういうワケのわからん混沌としたものを自分のなかに漠然ながらも感じているからこそ、女性はものごとをすぐ簡単に（つまり理窟で）まとめて議論する男性が子供っぽく、阿呆《あほ》らしくみえるのであり、少なくとも理窟というあらいマス目では人間や人生という液体の大半はこぼれ落ちることを、本能的に感じているのでしょう。

「あなたたちって、幼稚ねえ。あんな議論をしたって意味ないじゃないの」

と女房がそう私に言ったのは、おそらく以上のようなことを彼女は本能的に知っていたのだ、と思うのです。

母性の裏に隠れている怖ろしいもの

たとえば、あなたたちのなかにある「母性」というものについて考えてみます。「母なるもの」とか「母性」とか言うと普通我々はそこにやさしい、愛情にみちた母のイメージを連想します。自分を犠牲にしても子のために尽してくれる母親の姿を重ねあわせます。

事実『日本人と母』という本を書かれた山村先生のアンケートによりますと、多くの日本人は自分の母親にたいして、それを美化した感情を強く持っているようで、「母は私のために尽しに尽してくれた」という感情が特に男性の場合、強いようです。

だから、映画で「母もの」というと、出来のわるい子のために苦労する母の痛々しい姿を描くのが常です。文学では映画ほど単純に母のイメージを決めはしませんが、しかし「母なるもの」と言えば詩的用語や文学用語では「育むもの」「慈しむもの」「包みこむもの」の代名詞として使われていると言えるでしょう。

だがあなたたち女のなかにある「母性」とか「母なるもの」はそれほど単純で短絡的なものではありますまい。

事実、ユングのような深層心理学者は、この母なるものの二つの面を発見しました。

ひとつは我々が普通、考えるような母の「慈愛ぶかい」「あたたかな」「やさしい」「育む」面です。なるほど、これは確かに母性のなかに含まれています。

しかしユングはこの母性の裏に、今度はもっと怖ろしい面を見つけました。それは「包みこみ」「自由を奪い」「拘束し」「独占し」「締めつけ」「呑《の》みこむ」です。

母なるものが強烈であればあるほど、この「包みこみ、相手を独占しようとして、その自由を奪い、拘束し、締めつけ」果ては呑みこんでしまう形が露骨にあらわれます。

多くの子供たちが母を憎むとすれば、母親のこの面です。

これはユング学者の河合隼雄《かわいはやお》先生があげられている例ですが、一人の高校生の夢のなかに、肉の塊のなかで、もがき、苦しんでいる自分の姿が出てきたそうです。

肉の塊とは、この少年にとって母をあらわしています。

少年は意識的には何も気づいてはいなかったのですが、実は彼の母の愛情過多のなかでもがき、苦しみ、窒息しそうな気持でいて、それが夢に右のようなイメージであらわれたのです。

私も若い大学生たちに、

「母というと、べたつく、というイメージがする」

と聞かされたことが何度もあります。

子供にたいする愛情は男親も女親も変りないように見えますが、女親の愛情のそれは男親にくらべて湿気があり、「べたつく」のは、それが彼女の本能的なものが結びついているからでしょう。言いかえれば、それは非常に原始的なものなので、愛情のなかに盲目的な執着・我執・我慾などがまじりあっています。

しかも多くの母親には自分の母性愛のどこからが愛情で、どこからが執着なのかはっかめていないのが普通です。だからこそ、母親にとって子にたいするひたむきな愛情と思われるものが、実はその子にとって重荷にもなる場合があるのです。有難迷惑になる場合があるのです。

「母さんが、こんなに心配しているのに、お前にはわからないの」

「母さんの心があんたには理解できないんだね」

母親のそういう愚痴のなかには彼女の無智がかくれています。自分の過剰な愛情が、もう愛情ではなくて執着となり、息子や娘を息ぐるしくさせ、苦しめていることを知らないという無智です。

母性的なもののなかには、このように相手を慈しみ育てる愛情と、相手を拘束しその自由を奪う執着との相反した二つがあります。しかもその二つは、はっきりと区別され母性のなかに併存しているのではなくて、どこからどこまでが片一方で、どこからが他の一方なのか、わからないまでに混じりあっていて、当の母親にさえも識別できぬ本能となっているものなのです。

私はこの構造は母性的なものだけでなく、女性の心のすべてに当てはまるのだと考えています。

つまり矛盾したものを混沌としたまま持っているのが女です。

そして彼女はそれを自分の思想や意志によって変えるのではなくて、本能や感情によって無意識に変化させています。

水族館には自分のいる砂の色にあわせて変色する平目がいますが、あの魚が私に女性を連想させるのはそのためです。

だから私は女性とは根本的には無道徳なのではないかと考えているのです。その証拠におそらく百人のうち、百人の女性までがどんなことをやっても、自分が悪かったとは根本的に考えていない点でもわかります。

「わたしが悪いんじゃないわ……わたしがこうさせられたんだわ」

と言うのが、そういう場合の女の理窟です。だからこそ、女は強いのだ、と私は感心してしまうのです。

女の真の顔

避けられない母との闘い

女は混沌として、つかみどころがない、と書きました。

思えば男と女との関係や、男と女との闘いはひょっとすると男とこの女のもつ混沌たるものの格闘なのかもしれません。

男が最初に出会う女性は母親です。母親こそ男が人生において、はじめて遭遇する女です。

だが母には——世間一般がそれに与えているイメージとは必ずしも一致しない部分があります。

ユングの本を読まれた方ならすぐおわかりのように「母なるもの」とは子を愛し、子を慈しみ子を育てるという愛の半面と共に、子を独占し、子の自由をすっかり奪わずにはいられない愛欲の面とがあります。この両面は画然と区別されているのではなくて、当の母親自身にもわからぬほど、渾然《こんぜん》、混沌としてまじりあっているのです。

だから子のためによかれかし、と思う母心が実は子供にとって息ぐるしい窒息的なことである――そんな例はいくつもあるでしょう。

「こんなに、あんたのためにしているのに」

と母親は自分から逃げていこうとする子供に歎《なげ》きます。

子供にとっては時には、その母親の情が嬉しいどころか、苦しいのです。自分にべったりとしていつまでも拘束しようとするその母の情が……。

だから男の子供にとって母と闘うことは、彼が人生に出会った最初の女との闘いにほかなりません。それは母の愛情という美しいが中身には彼女のエゴイズム、独占慾、――すばらしいものとイヤらしいもの、愛と愛慾との混じりあったわけのわからぬものとの闘いであります。

この闘いはどんな男にも避けて通れぬものでありましょう。そしてそれを通過してこそ彼はどうやら大人になるのです。

大人になるために子供が母に反抗する、母のなかのイヤらしいものと闘う。どんな家庭でもこの格闘がみられます。人はそれを反抗期とよびますが、反抗期というよりは子供が大人になるための通過儀礼だと思うべきでしょう。

通過儀礼とはアフリカで少年が部落の一員となるために村から離れた小屋に入れられ、そこでさまざまな試練を受けてそれにうち勝つことが要求されるのですが、その試練と試験とを通過儀礼とよびます。

どんな家庭でも子供には遅かれ、早かれ通過儀礼がやってきます。最初の通過儀礼は母との闘いです。というより母のなかにあるワケのわからぬ混沌たるものとの闘いなのです。

それによって彼はまた、はじめて女とはどういうものかを知ります。それぞれの形で、それぞれの影響のなかで。

母親が聡明なため、盲目的な愛情で子を息苦しくさせなかったならば、彼にとって母とは素晴らしい存在となり、そのイメージはやがて彼の女性をみる眼にも影響を与えてくるものです。

ベタベタとした母をもった男の子は後になって女とは始末におえぬシロモノだという気持を心の底のどこかに抱くようになります。

自由を奪われてばかりいた子供は母を嫌うようになり、やがてそれが女嫌いに発展してホモ的な傾向を持つように変っていく、これもよくあることです。

そうしてみると男の子にとって母との格闘――最初の通過儀礼こそが彼のその後の人生の上での女との関係だとも言えます。

だからもし、あなたの御家庭で息子さんがあなたに逆らいはじめる年齢になったら、それはたんに母と子との争いではなく、その底には男と女との格闘が既に開始されているのだとお思いください。

さらに息子さんは、それを通過してこそ一人前の男として成長していくのだともお考えください。

女はどのようにも変れる

だが、次のことを女性が憶えておかれると非常に便利です。

女とは何度もくりかえしたように、自分でも自分がよくつかめないほどに混沌としているのですが、男は本来、この混沌に形を与えようと懸命になるのです。

女は混沌のなかに生き、男はその混沌に耐えられず、なんとか形をつけよう、形を与えようとするのが、男女の基本的な関係だと私は思っています。

前に私は書きました。小説で書かれた女性はマユツバだと。「女とは何か」というエッセイも男が何とかして、わけのわからぬ女性の実体を形にしようとする空《むな》しい努力だと。そのようなものは確かに女性の一部にありますが、女性の全部をあらわしてはいない（このことは女性であるあなた自身がよく御存知でしょう）。

だから女は自分の恋人や夫の期待する形にあわせて、どのような形にも変れます。愛し愛されているという自信さえあれば……。

私は水族館の硝子《ガラス》ケースのなかで周りの砂の色にあわせて変色する平目をみるたび、いつも女のイメージを連想するのですが、それは今言ったような理由によるのです。

女は本能的に男を「子供っぽい」と思っています。

子供っぽいというのは単純だということです。単純とはものを一面的にしか見ないということです。かく申す私さえ、その点を友人の佐藤愛子《さとうあいこ》さんにつかれたことがありました。それは彼女と一緒に講演旅行をしている時でした。

うっかりして私は「女とはこういうものだ」というような意味のことを言ったのです。すると佐藤さんは例の愛子口調で「どうして、そんなに一方的に決めるのよ」と怒りました。つまり彼女は彼女をふくめて女性なるものに勝手な「形」を与えようとしたことに抗議したのでしょう。

よく男はこう言います。

「男は頭と口とだけで嘘をつくが、女は全身で嘘をつく」

私もこの言葉の半分以上は本当だと思います。というのは今日まで私は心の底から自分の言った嘘を嘘だと思っていた女性に出会ったことがないからです。

男は嘘をついたり嘘をついたあと、自分が嘘をついているという自覚や意識がはっきりとしている。しかし私の観察した限りでは、女にはこういう明瞭な自覚はないように思えます。女は嘘を言っている時でも、心の半分では嘘と本当の区別がつかなくなり、自分でもその嘘が本当だと思いだしている部分があるようなのです。

この私の観察が間違っていたならばお許しをねがいたい。しかしもし本当とするならばその理由は簡単です。

それはたびたびくりかえしたように、女は混沌としているからです。何にでもなれるからです。何にでも変れるからです。だから今、嘘を言っていることの可能性だって、彼女のなかにはあるわけですから、男のように「これは本当で、これは嘘だ」というはっきりした区別が心のなかでつけにくいのです。

嘘か本当かとは男が問題にすることですが、女にとっては嘘も本当も実はないように私にはみえます。今、本当のことも嘘だし、嘘もまた本当になりうるということを女はひそかに毎日の生活のなかで知っています。

たとえば化粧によって作られた自分の顔、それと化粧を落した素顔のどちらが「自分の顔だ」と言える女性がいるでしょうか。素顔が本当で化粧した顔が嘘だとは言いきれません。なぜならあなたの化粧した顔を男たちは信じ、それを美しいと思い、それによってあなたに恋をするわけですから。だから化粧した顔は社会生活的にはもうあなたの本当の顔になっています。

化粧ひとつをとっても女には本当も嘘もありません。すべての可能性があるのです。そのように毎日常「ばける」ことで生きている女性を「これが女性だ」と一方的な形を与えた私が馬鹿だったわけです。

男の殺し文句

切っ掛けは男の殺し文句

一人の女性の話を書きます。

彼女はもうずっと前に離婚して男の子一人を育てながら、ある会社の秘書をしている三十代後半の婦人です。

頭がよく、人あたりのよい彼女は事務能力にもすぐれていましたから、まだ五十代の社長からも重宝がられていました。そして仕事の上のつきあいが、いつか恋愛に入りました。

その切っ掛けというのは社長の言った次のようなひと言だったそうです。

「ぼくは今一応、社長という位置にいるが、いつ反対側に追い払われるかもしれない。その時、部下のみんながぼくを見すてても、君一人がついてきてくれそうな気がする」

彼女はこの言葉に感動しました。彼女の心にこの言葉はずっしりと重みをもって入ってきました。自分をそこまで信じてくれていたのかという思いが、社長と秘書という職業関係をこえて、男性と女性との精神関係で彼を見るようになりました。

私はこの社長のこの時の気持を疑うわけではありませんが、彼が妻子もある一人前の男であることを考えあわせると、やはり、もう一寸慎重であってもよかったのではないか、と思います。

というのは、聞きかたによると、右の社長の言葉はいわゆる女をコロリと参らせる「殺し文句」の一つだからです。

殺し文句。

御存知でしょうね。男が女の心を結婚や恋愛にひき入れるために放つ、とどめの一発という奴です。

そして女性の皆さんはあまり御存知ないかもしれませんが、男はたいてい、女性にたいする自分なりの殺し文句を一つや二つは考えて用意しているものなのです。

いつか、私の家に遊びにきた若い人たちに、

「君たち一人一人は女の子を口説く殺し文句があるだろう」

とからかうと、

「ええ、まア」

と苦笑してうなずいていました。

「じゃ、その一つ一つを教えてくれないか」

そうして、彼らからその殺し文句を聞くことができました。なかにはびっくりするほ

どウマいものもありました。

どういうのか、聞きたいですか。

聞きたいでしょうね。しかしこれは発表してしまえば、もう神通力がなくなってしまいますから、やはり発表するのはよそう。それに男の仁義にそむくから。

ただ、あまりに滑稽な一つぐらいは教えてもいいでしょう。その男は首をしきりにかしげ、ふしぎそうに女性にこう言うのだそうです。

「ふしぎだ。まったくワケがわからん」

そして相手の女性が、

「なにがふしぎなの。なにが、わからないの」

とたずねてくると、彼は更に首をふりふり、こう答えるのです。

「今まで、たくさんの女性とこうして会ったが、こんな気持になったのはなぜか、初めてだ。実にふしぎだ。まったくワケがわからん」

彼に言わせると、この殺し文句は女性の自尊心をかなりくすぐるので効果があるのだそうです。

だから皆さん、もし、こういう台詞《せりふ》をぬけぬけと囁《ささや》く男があなたの前にあらわれたら気をつけることにしましょう。そいつは面長の、色の白い男で、名の頭文字はMです。

人生を感じさせる言葉

話が横にそれましたが、私の知りあいの女性が上司である社長に言われた言葉は、見かたによっては殺し文句なのです。

なぜ、それが殺し文句なのか。また、殺し文句とは一体、なになのか。

私の考えでは女性を口説く殺し文句で一番に効果のあるのは、彼女に人生を、、、、、感じさせるような台詞です。

私は生活と人生とは違うと考えています。生活とは言うまでもなく、毎日、みなさんが送っている日常の、同じ事のくりかえしの、色あせた毎日のことです。我々は生きて、食べていかねばなりませんし、現実は決して夢のようなものではありませんから、我々はやはり、この単調な——時には息ぐるしい毎日を背負っていかねばなりません。

どんな人にとっても多かれ少なかれ灰色で、閉鎖的なこの生活のなかに、フッと穴をあけてくれるような言葉、しかもその穴が、この生活をまったく更新するかのような言葉、生活とはちがった人生を連想させるような言葉——それが女にとって一番、魅力的な殺し文句なのです。言いかえれば、女のひっかかりやすい殺し文句なのです。

「部下のみんながぼくを見すてても、君一人がついてきてくれそうな気がする」

これはやはり人生を匂わせる殺し文句です。しかも、かなり手のこんだ殺し文句です。

理由を列記しましょう。
一、君だけがぼくのただ一人の理解者だ、と暗示している。（女性の自尊心をくすぐる）
二、自分にもいつか孤独な日がくることを暗示している。（女性の母性愛をそそる）
三、君一人がついてくるという表現で、自分たち二人だけがしっかり結びあう同伴者だと暗示している。（人生を感じさせる）
このようにこの殺し文句は短いなかにいろいろな計算が入っていて、賢い彼女がそれにひっかかったとしても無理はありません。

しかし多くの女性がこうした殺し文句に弱いのは、あらかじめ彼女にそれを期待する何かがあるからでしょう。私のような者から見ると、あんなに聡明だった彼女が社長の殺し文句にひっかかったのは、彼女の頭がその時どうかしたためではなくて、彼女のなかにある「……を期待している女の性」がそれに応じたのだと言えます。

女性は男とちがって常に生活よりも人生を大切にするようです。男が関心のあるのは人生よりも運命だとある詩人が言いましたが、あながち、それは嘘ではありません。

だから生活のなかでは女は男よりも下手で息ぐるしい感じを心の底に持っている。女性たちはこの色あせた生活から人生に脱出できる切っ掛けをいつもいつも待っている。それは別に恋愛でなくてもいい。人生を感じさせる仕事や宗教でもいい。心の飢えがみたされる何かを待っている。

そして殺し文句は何らかの形で人生を感じさせますから、彼女もそれに呼応してしまうのでしょう。

そして殺し文句にひっかかった女は——その日からこの言葉をひとつの消えぬ夢として生きていくようです。しかし大半の男にとって殺し文句はその場限りのものにすぎませんから、彼女が自分のものになった瞬間から、それは彼にとってあまり意味のない約束になってしまうようです。

こういう事を書いたのは、私は知人の男女がこのような過程をへて一緒になり、そして心のすれ違いをふたたび感じて別れていくのをあまりに数多く見たからです。

おそらく冒頭にふれた女性も社長との恋愛のなかに、殺し文句から真にうけて人生を求めつづけて彼と一緒になろうとするでしょう。一方、男の彼のほうは実は彼女との恋愛のなかには人生より生活のほうを求める（つまり彼女が今後の彼の毎日にどれだけ役にたつかを求める）と思いますから、二人に破局に近いものが来たとしてもふしぎではありません。

もう一人の自分

悪にも魅力がある

　私は四、五年前に一人の女医を主人公にして『真昼の悪魔』という小説を書いたことがある。

　自分の小説のことを話すのは、いささか気がひけるけれども、その女医は若く美しいかわりに、悪の行為に異常な好奇心を持つ女性である。

　彼女は今日まで、どんな悪いことをやっても、良心の痛みを感じない自分をふしぎに思いながら生きている。良心の痛みを感じないどころか、彼女は時には悪に美と魅力とをさえ感じる場合があるのだ。

「うつくしいものは善きことなり」とは何処《どこ》かの色紙に書かれている言葉だが、逆に言うと「善きことは美しい」というのは今日までの一般常識だった。

　しかし彼女は「悪にも美しさのある」ことを、「悪にもたまらぬ魅力のひそむこと」を、自分が行った数々のいまわしい行為から発見したのだった。

　そして、そのためか、彼女は自分を一方ではふしぎに思いながらも、良心の痛みとやらを感じたいために更に新しい悪の行為をつづけていく。

これが私のその小説のプランだった。

この小説を書こうと思いたったのは、雑誌社の求めにもよるが、幾つかの理由があった。

そのひとつは有名なドストエフスキーの『悪霊』という長編小説に出てくる「スタヴローギンの告白」という一章に触発されたためである。

御存知の方も多いと思うが、この「スタヴローギンの告白」は主人公スタヴローギンがやはり悪を重ねた揚句、最も醜悪な行為をやるために貧しい家の、まだ娘にもならぬ少女を犯す話である。

少女はスタヴローギンの誘いにまだ未成熟の体を奪われるが、その数日後、自分のやったことの醜さに気づいて、便所と隣り合わせの物置で首をくくって死ぬのである。スタヴローギンはそれを承知で、彼女が物置に姿を消し、首つりをする間、じっと別室の椅子に坐って待っている（この場面は何とも言えぬすご味がある）。

やがて歳月がたつ。

スタヴローギンは相変らずの、ただれるような放蕩《ほうとう》生活を送りながらドレスデンに行く。そして、そこでクロード・ロランの「黄金時代」という絵を見る。ギリシアの多島海のどこかの絵——すべての人間が幸福に包まれている光景を描いた絵である。

それを見ていたスタヴローギンの胸に痛みが走る。あの少女のことが突然、胸に甦ったのである。しかし、それは一瞬であり、それ以上ではない。

昔、読んだのでひょっとしたら細部に間違いがあるかもしれないが、私はこの場面を読んだ時、非常なショックを受けた。スタヴローギンこそ現代人を拡大したものではないか、と思ったからである。

そのショックは歳月のたった今でも変りはない。いや、スタヴローギンは「胸の痛み」を感じたが、現代人のなかには同じ行為をしても「胸の痛み」さえ感じない人もいるのではないかと考えたのだった。

断っておくが、私はそういう人たちを批判したり、非難したりしているのでは毛頭ない。現代の我々の心のなかにスタヴローギンが存在していないと自信をもって言える人があったら、私はお目にかかりたいとさえ思っているからだ。

そのような理由に触発されて、私はこの若い女医の話を書いた。もちろん、特定のモデルがいるわけではない。しかしモデルはいなくても彼女は現代人の心の奥に巣くい、宿っているという確信が私にはある。

悪も私の一つの要素

先日、私は渋谷のTという大きな本屋の宗教や心理の本を売っているコーナーで本をたち読みしていた時、一人の中年の女性から声をかけられた。

「この本を、お読みになりましたか」

その本はインデアンのある老人の人生観を書いた書物だった。私は彼女とたち話をして彼女が私の本だけでなく、いろいろな思想書に通じているのを知った。

我々はそれぞれ本を買って共に外に出た。私はその時、コーヒーを飲みたくてたまらなかったから彼女を誘って、近くのコーヒー店で四十分ほど語りあった。

私はスタヴローギンの告白にふれ、それをどう自分たちが通りぬけるかを、今、小説に書いていると語った。彼女はうなずき、自分も同じような問題に苦しんでいるから、本を読むのだと言った。

「スタヴローギンの場合は、まだドレスデンで一枚の絵を見ることで、あの少女を思い、心に痛みを感じます。しかし、その痛みさえ感じない――わたくしのなかには、そんなものがあります」

と彼女はつぶやいた。

私はこの女性の率直さに感動すると共に、それが今、私が書きたい新しい小説の主題なのだと説明した。

四十分ほどの間だったが、私には別の約束がそのあとにひかえていたので、別れた。

このようにおたがい共感しあって話しあえる女性は最近、珍しかったから私はまた彼女や彼女のような女性にいつか会いたいと思ってさえいる。しかし名前も住所もわからないのだから、連絡のしようがない。御迷惑でなかったら私に連絡してほしい。

ふと偶然、本屋で出会った女性でさえ、私の言うような現代人の心を持っている。それは別に特別の人間の問題ではないことは、この一事をもってしてもわかるのだ。

ただ、右のような心理を多くの女性（男性もそうだろうが、女性はもっと強く）は自分のなかに見ようとはしない。ただ、やみくもに否定するか、かくそうとするのが普通であろう。

だからおそらく今度このエッセイを読まれても自己を直視されて肯定される人はきわめて少ないのではないかと私は思っている。

しかし、その否定しようとする自己もあなたの弱さである。悪もあなたを形成している重要な要素だと言ったら、どうお考えになるだろうか。

こういう話をきいたことがある。自分とそっくりの人間を人なかに見る――そんな経験の所有者がこの世にいると言う。

ユング学派ではこうした自分の分身を自分の影と言っているが、しかし、我々はそれぞれにもう一人の自分――影を持っているのである。

自分の影を拒否したり否定したりするのが今までの宗教やモラルだった。自分の影とは自分のなかの不気味な部分のことである。極端に言えばジキル博士にたいするハイド氏のことと言っていい。しかし私はその部分も含みながら自分がなりたっているのだというユングの考えかたに共鳴するので、今までの宗教やモラルとは別の考えかたをするようになっている。そして、このエッセイもそういう観点から今日まで書きつづけてきたのである。読んでくださった人のなかには、もうお気づきかもしれないが……。

今の私はあの女医を書いた小説に『真昼の悪魔』などという、おどろおどろしい題をつけたことを残念にさえ思っている。なぜなら彼女は「悪魔」でも何でもないのだ。我々のなかの一部分であり、我々の影なのであるから、むしろ『真昼の影法師』という題でも与えたほうが作者の考えにピタリとしていたかもしれない。

女性の美しさ

聖母マリアに見る理想的女性像

女性の美とはなんだろうか。男性の心をゆさぶり、惹《ひ》きつけ、そして多くの場合、男の理想の火を燃やすのだが、時としては彼を底しれぬ地獄に落すあの女性の美とはいったいなんだろうか。長い時代にわたって芸術家たちが繰りかえし繰りかえし描きつづけたあの女性の美とはいったいなんだろうか。ある時は不可解な謎のような美しさを持っていると思うと、ある時は透明な風のような清らかな美しさに変る、あのふしぎな女性の美とはなんだろうか。

もちろん、すべての美を一つの法則に定義づけることがむつかしいように、男性にとっては女性の美は幾種類もある。ある男にとってはそれほど心を惹かぬ女性が他の男には限りなく魅力ある人になる。ある時代には理想的な美女といわれた女も現代のわれわれの眼からみると、それほどの美しい女とは考えられぬ場合も多いのだ。女性の美を一つの固定した型にあてはめることは困難である。

しかし、はっきりと断言できることがある。それは男性がそれぞれの趣味や傾向や

——いや自分の理想によって数多くの女性のなかから恋人を発見するように、各時代はそれぞれの理想とする美を具現した女性を持っていたということだ。その理想的な女性とはたとえ現世に発見できなくとも（発見できぬゆえに）芸術上の作品に書かれたり、描かれたりしたということだ。

だからすぐれた芸術作品や絵画に描かれた美しい女性たちは、ひとりそれを創《つく》った芸術家の理想像であるのみならず、その時代の人々の趣味や傾向とともに彼らの美への認識、美への憧憬《どうけい》と理想とをになわされているのである。

彼女たちは彼女たちが生れたその時代の、哀《かな》しみや悦びや祈りの具体的なイメージであると言ってよいだけでなく、かなりの程度、西欧人の美的感覚に影響をうけたわれわれ日本人にも一考してよい問題のように私には思われる。

それでは西欧の中世と近代との間には「女性の美」という観点で、どういう根本的な変化があったのだろうか。一言でいうと、基督《キリスト》教が支配していた中世では聖的なものが強調されるか、あるいは宗教的聖なるものと美的なものとが調和していたといえる。これは聖母マリアの絵や像の歴史を眺めると一番よくわかるのである。

なぜ、私が例として聖母マリアの絵や像をここで選んだかというと、それには当然の理由がある。聖母マリアは西欧の美術では、長い歴史の間にもっとも恒久的に描かれた女性だからだ。

特に中世における聖母マリアの位置は基督の母のみならず、人々の苦患の泪をぬぐう女性として、女と母を具現する象徴像になっていた筈である。その意味で彼女は中世の人々にとっての理想的女性と考えて間違いないと思う。

この聖母の絵画、もしくは聖母像を眺める時、それはちょうど西欧の古い町や都市にある大教会がそれが造られた時代の人々の苦悩と祈願との具現であるのと同じようなものなのだ。

だからわれわれは美術館や書物のなかで「彼女たち」を眺める時、たんにそこに美しい女をみるだけではなく、それが描かれた時代の本質的なものに触れうるのである。「彼女たち」が描かれた女であるだけでなく、女性的なものであり、女性的なものである以上に永遠的なのは一つにはそのためだと言ってよい。

こういう見方からたとえば西欧における女性の美というものを考える時、やはり、西欧の中世と近代との間に女性の美についての根本的な変化があったことを私は考える。この変化は観念的なものではなく、今日の彼らの生きかたや日常の生活意識や、恋愛感情にまで、ちょうどみえない塵《ちり》がいつのまにか部屋にたまるように、ひそかな影響を及ぼしているのであるし、そしてこれは彼らだけの問題だけではない。われわれは彼女が信仰の対象とのみ扱われていた時（前期）と信仰と美の対象に扱われていた時（後期）との二つに分けうると思う。

前期の聖母マリア像は今日の眼からみてもある初々しい魅力はあるが、当時の人々には美の対象というよりは尊敬や信仰の対象であったと言ってよい。基督の母として崇《あが》められていたのである。

しかし後期になると次第に彼女は、母として、処女としての美しさをかねそなえるようになる。しかしその処女の美しさ母の美しさは信仰する女の美しさと切り離されえないのである。われわれはたとえば、フラ・アンジェリコが描いた「受胎告知」の絵をみる時、彼女は美しいと思う。しかしその美しさとは母、処女及び聖《ハイリッヒ》的なものの美しさと調和しているからだ。

いずれにしろ聖母マリアは中世の前期と後期とのいずれの時期にも共通して、宗教的美の具現だったのである。ということは当時の基督教社会では女性の美も神の地上における秩序の投影として考えられたからであり、聖的なものをぬきにして理想的な女性美を思わなかったからにちがいない。

ところがこの「女性の美」から宗教的なもの、聖的なものを剝ぐような時代が訪れた。言うまでもなくルネッサンスの人間主義がそれである。女性の美はこの中世とルネッサンスを境にして大きな変化を起したと私は考える。

女性の美は聖母マリア像にみられるような聖的なもの母親の美を失い、女の美そのものとして追求されるようになった。聖母マリアのかわりにヴィーナスが出現したからである。ヴィーナスの美に聖的な美しさはない。そのかわりに女としての官能の美がある。ヴィーナスは聖母マリアのように母でもない。妻でもない。必ずしもまた純潔の美をあらわす処女でもない。彼女はまさしく「女」なのだ。女体の美の理想像なのである。

ルネッサンス以後、人々は美をこのように聖なるものから、宗教的なものから切り離した。たとえ彼らが聖母マリアを描き、あるいは理想的女性を描く場合でもまず人間的な、あるいは官能的な美が第一の位置をしめ、かつて中世の人間が夢みたような聖と美の調和という感覚は失ったのである。

聖なるものと美の調和がなくなったから、女性の美は「女の美」だけが強調され、母の美しさ、処女の美しさもどうしても背後に押しやられたのである。

母の美しさ妻の美しさ

この感覚は今日でも西欧の日常生活や恋愛感情のなかに続いている。西欧だけではなく、その美的影響を多少ともうけたわれわれ近代日本人の感覚にもあるのだ。

だからわれわれは今日、どのような女を美しいというか。どのような女を時代の理想的な美の具現像というか。この問題を考える時、まず第一に心にうかぶのは美の混乱ということである。たとえば中世の人々が決して認めなかったものにも美を感ずるようになったのは近代人の特徴だが、その代償として美の混乱があるのは確かであろう。

と同時に、今日現代人が女性の美を語る時、それは「女の美しさ」が第一であって、女性のもつ別の特性、母性、妻、処女の純潔美を必ずしも伴って考えない。恋愛もしくは男の情熱をゆさぶる美しさを強調して考えるが、男との存在的連帯としての母や妻の美しさは第二面に押しやられるようになってしまった。

だから女性の側も、美しくありたいという願いを「女の美しさ」、男の情熱をかきたてる女の美しさだけに集中しようとする。私はかつて中世が聖母にみつけたように、二十世紀の理想的女性をだれに見つけるべきか知らないが、大衆が美しいという映画の女優たちを眺めても、彼女たちが「女の美しさ」だけを具現しようとしていることがわかるのである。

一般の女性たちも同じことである。彼女たちはまず「女の美しさ」をさまざまな形で強調しようとする。流行の服装や化粧品などもただその点にだけ力を注いでいるのだ。そして彼女たちは「妻」になった時「母」になった時、もはや自分たちからは容色の美が次第に失われていったのだと考える。

いや、妻や母だけではなく、彼女たちが「娘」の時でさえ、「純潔の美」を生かそうとするよりは「女の美」を作りだそうとする傾向をわれわれは至る所に見つけるではないか。極端にいえば、女という観点からは母であること、妻であることは敵のようにみられる場合さえある。女としての体のプロポーションをかばうため、子供に母乳を与えないという現代の現象はそれを如実にあらわしている。妻であることが、若い娘にたいして時には劣等感を起させるのもそのためといってよい。

私はこれはまた女性の危機だと考える。女性は自分たちの一面の要素、女であることを強調するために、妻、母という彼女が「ありうべき」要素の美しさを自分たちの手で切り捨てていったのである。彼女たちは自分で自分の首をしめたのだ。

私は「女の美しさ」が今一度、調和した均衡をとり戻すためには、女性自身が、自分たちの母、妻としての美の復権をねがうべきだと思っている。その美の権利が失われたのは、ヴィーナスを聖母マリアよりも高く評価したあの瞬間からはじまったのである。

つき合い上手　生き上手

ちがいのわからぬ女《ひと》

どっちがケチンボ？

佐藤愛子さんの『坊主の花かんざし』は愛読しているが、時々おのれのことは棚にあげて私をこきおろす文章があり、読者はあれを御覧になるとこの狐狸庵《こりあん》を馬鹿と思われるかもしれない。その仕返しで言うのではないが佐藤愛子さんという人は数学のまったく出来ないお方である。私の見た限り、彼女は六十度と百八十度との「ちがいのわからぬ」女《ひと》なのだ。

まア、聞いてください。忘れもしない。今から二年ほど前のことであった。彼女から夜、電話がかかってきた。この幼なじみが電話をかけてくる時は、まことクダらん内容が多く、

「あんたは今夜、晩御飯に何を食べましたか。わたしの晩御飯はですね。松阪肉のすき焼きですぞ。それもヒレのいいところを、しかも二個の卵も使って食べたのですぞ。お宅のように一個の卵ではありませんよ」

などというアホくさい自慢話が多いのであるが、その時はやや猫なで声をだし、

「あんた、九州の島に土地、買わへん」

妙なことを言いはじめたのであった。

話をきくと九州のF市のちかくにN島という風景絶佳なひなびた島がある。ひなびた島だが交通の便よく、海きよらかにして、春は桜がうつくしい。自分は人にすすめられその島の「もっとも素晴らしき一個所」を買う決心をしたのであるが、その幸運を幼なじみのあんたにもわけてあげたいとチョコレートの広告のようなことを言うのであった。

愚かにも私はその話にのった。私も老後はひなびた島で桃の花をうえ、魚を釣っておくりたいような気がふっとしたからである。ではその島をとも角、見せてもらおうということになり彼女と一緒に九州まで出かけることとなった。彼女の求めでその飛行機の切符も私が買った。当日の朝、羽田に出かけると黒いツバびろの帽子にブーツ、それに黒マントをはおった怪人のような女性が立っていて、それが何と佐藤愛子であった。

「あんた」

私は驚愕《きょうがく》して叫んだ。

「そんな恰好《かっこう》でいくのか。まるで仮面ライダーや」

「なにを言うか。これがどんなにシックな姿か、あんたにはわからんのですか」

と、彼女は大声で怒鳴った。

率直に言うと私はこの幼なじみがこわい。特に彼女に怒鳴られると心身が萎縮する。

この時も怒鳴られて萎縮した気持で飛行機に乗った。ベルトをしめてから、蚊の鳴くような声で、

「飛行機の切符代……返してくれ……へんか」

とつぶやいた。しかし相手は聞えないふりをして黙っている。機体が上昇してから同じ言葉をくりかえした。と、彼女はものすごく怖ろしい表情で私を睨《にら》みつけ、

「みっともないことを、言うんやない。男が金でケチケチするのが、わたし一番、嫌い」

私は黙った。飛行機がF市につきタクシーに乗ってから、またオソるオソる、返してほしいと繰りかえした。もっともわざとタクシーの運転手に聞えるように言ったのである。

突然、彼女はハンドバッグを荒々しく開き、金をつかみ出すと、私の膝にそれを放りつけて、

「ケ、チ、ン、ボ」

と叫んだ。私は黙った。そして心のなかで、どちらがケチンボやと言うてやった。読者は私が正しいと思われるでしょう。

傾斜地とは思わなかった

だが話はこれで終ったのではない。二時間後、仮面ライダーか黄金バットのような恰

好をした佐藤愛子と私とは出迎えのランチに乗り、その島に上陸をした。ひなびた、海のきれいな島だった。案内人は私たちを島で数台しかない車の一つに乗せ、かなり急な山道を運転した。道は幾度もまがり、やがてその曲り角の一つに停《と》まると、案内人は、「おりて、つかわさい」と車からおりた。道から海岸にむけて、ほとんど六十度にひとしい崖が眼下に見おろせた。いや六十度よりもあれはもっと直角に近かったかも知れぬ。

「ここですか」

「はい。ここを地主が売ると言うとるとですよ」

私は佐藤さんの顔を横眼でみた。六十度の崖にどんな家を建てられると言うのだ。たとえ、それが安くて、ひなびて、きよらかな海が見えるとしても。

「佐藤さん」

「なんですか」

「あんた、ここを前もって見たのですか」

「この間わたしは、舟から見たんです。舟にのって、ここがいいと思ったんです。傾斜にはみえなかったから」

私はいくら舟から見たとは言え、百八十度と六十度との角度の「ちがいもわからぬ」彼女が本当に情けなかった。特に当人が幼なじみであるだけに余計、情けなかった。

「でも」

彼女はさすがに当惑したのであろう、いつになくボソボソした声で、

「何とかしたら、建てられるんやないやろか」

「何とかしたらって何をするのですか」

「家の周りにつっかえ棒をたくさん作ったら」

私はこの女性はまったく数学のできぬ人だと思った。

「遠藤さんがイヤなら断ってもかまへんですよ。でも、わたしは建てるつもりやけど」

「つっかえ棒をした家を建てるのですか」

私は少年時代から算数が苦手で、子供の頃、日曜ごとに家族と街へ出かけるたび、父がショーウインドーの品物を指さし、もし、これを二つ買ったら幾らになるか、とか、これだけのお札を渡したら幾らのおツリが来るかと訊ね、そのたびに口からでまかせの答えをして叱られるほど算数がわからなかった。また中学の数学の試験の時「三角形の内角の和は百八十度なり」を証明せよという問題の答えができず、苦しまぎれに「そうである、その通り。ぼくもそう思う」と書いて先生に叩かれた経験の持ち主である。

しかし、そのぼくだって、百八十度の平地と六十度の傾斜をみれば、その角度のちがいぐらいわかる。そのちがいさえ、わからなかった佐藤さんは、まア、よく、学校を卒業できたと思う。

男の中の男

三浦朱門《みうらしゆもん》ってどんな人？

曽野綾子《そのあやこ》さんの『誰のために愛するか』がベストセラーになると、この本でノロケられている曽野さんの夫である三浦朱門は俄然《がぜん》、若い女性の好奇心の対象になったようで、私なども時折、若い主婦や若い女性から、

「三浦朱門さんって、どんな方ですの。きっとスバラしい人でしょうね」

などとたずねられることがある。すると私はまるで自分の兄弟のことを若い娘から質問されたような恥ずかしさをおぼえ、

「なあに。彼ですか、そんなにスバラしい奴じゃありません。第一、見ばえがよくないね。洋服だって昔、香港《ホンコン》で買った出来合いを五年もつづけて着てまっさ。それにあんた……字を書かせるとこれが小学校一年生のような下手糞《へたくそ》な字でねえ」

と答えてしまうのだ。聞き手はクスッと笑うが、笑うのは安心したのか私が嘘をついていると思っているのか、わからない。

だがこっちは嘘を別についているのではない。三浦とは時々一緒にテレビに出るが、

カメラの前にすわっても彼の髪は漫画のダグウッドのようにピンと立っている。櫛《くし》はないのかね、とそっとたずねると、持っとらんのだ、とブスッと答える。私にくれた彼の著書をひらくと、御飯粒が畳にボロボロこぼれたような字で三浦朱門と書いてある。三浦は長男の太郎君によく勉強を教えていたが、太郎君も習字だけは決して父親から習う気にならなかったろう。曽野さんは婚約時代、手紙をもらったかどうか知らぬが、この字を初めて見た時、どんな気がしたであろうか。

もっとも曽野さんも私にくれた著書のサインを見た限りでは夫と同様、「つづけ字も書けぬ」組でお世辞にもうまいとは言えぬ。吉永小百合《よしながさゆり》嬢などが私にサインをくれた時、立派なつづけ字を書くのとちがうのである。

二人の字を見くらべて見ると、下手という点で共通しているが、その字のハネ具合や間隔が両者は非常によく似ている。これは三浦の悪筆が曽野さんに影響したのか、曽野さんの字が三浦の悪筆に更に拍車をかけたのか知らぬが、私は二人の字を見くらべながら、ある感慨を起す。

そう、三浦や曽野さんと初めて知りあったのはもう十五、六年前である。三浦を引きあわせてくれたのは安岡《やすおか》 章太郎《しょうたろう》で、彼が当時その主要メンバーだった「構想の会」という若い作家や評論家の集まりに私を連れていってくれた時だ。それから半年ほどして私は「三田文学の会」で三浦から夫人の曽野さんを紹介してもらった。曽野さんは当時、身重で会の時もちょっとくるしそうだったのを今でも憶えている。

最後まで人生を捨てない

後になって親しくなってから、お前さん、なぜ曽野綾子と結婚したんだいとたずねたことがある。すると三浦は照れくさそうな顔をして、

「俺、なあ、ほんま言うたらはじめ曽野と結婚するつもりやなかったんやで」

と穏当ならざることを言いはじめた。

「俺そのころ不良やったからな、あちこちの娘の気をひくようなこと、よう言うとったんや。お前もそうや。俺もそや。それで曽野がはじめて俺の同人雑誌に加わった頃、同じ気持で、ちょっと気をひくような、うまいことを彼女に言うたったんや」

「わかる。わかる」

「そして次の日、彼女の家に遊びに行ったら彼女のお母さん出てきよって、娘に結婚申しこんで下さいまして有難うございましたと、きちんと言うんや。俺、びっくりし、狼《ろう》狽《ばい》して、思わず、いいえ、いいえと答えて、それで身動き、とれんようになったのや」

三浦のこの話はもちろん、照れから生れたものであろうが、ある真実をついている。それは夫婦にとって相手を選んだ理由など大したことではないということだ。安岡章太郎が昔どこかに、夫婦のはじめての縁などとは、デパートの食堂で偶然、隣あわせに坐

りあわせた程度のものだと書いていたが、それは、結婚でも恋愛でも大事なのは選択ではなく、持続の道だということなので、三浦は後になって曽野さんが信じていたカトリックの洗礼を受けるようになる。

カトリシスムはよく保守反動の権化のように若い人から言われる。そして私は同じカトリックとして、このやや現代では侮蔑的な意味をもった保守という言葉をある意味では悦んで受けたいと思う。なぜなら保守とは、自分に与えられたものを、たとえそれが自分にとっては苦しいものでも決して捨てずに守りつづけることだからだ。周知のようにカトリックでは自殺を禁じている。

私の考えではそれは現実や人生が苦しくても最後まで捨てるなということだと思う。カトリックでは特別な場合を除いて夫婦の離婚に賛成しない。私の考えではそれは男女にとって大事なことは相手をどう選んだかなどということではなく、一度自分の人生に加わってきたものを死ぬまでアダやオロソカには捨てるなということだと思う。

たとえ、それがどんなに見すぼらしく、みじめに見えても、人生を死ぬまで捨てるなということと、一度、引きうけた女を、死ぬまで守れということには相似関係がある。『誰のために愛するか』で曽野さんが言わんと欲することの一つは、このカトリックの保守主義であろう。現実からの脱出とか否定が純粋な生き方のように考えられがちな当世に、現実がどんなに醜く、辛くても、最後まで嚙《か》みしめろというのがカトリックの保守主義である。

私は三浦とは十数年の友人だが、三浦の結婚生活の内側を知らない。三浦も私の私生活にはタッチしない。仕事のことはもちろん、多少の悩みについてはお互い相談しあうこともあったが、相手が求めない限りたがいに土足で相手の内側に入ることを行わないのが、親しい友人への礼節だと思っている間柄である。だから三浦と曽野さんの私生活について全く知らないと言っていいくらいだ。『誰のために愛するか』について多少、私生活の話が出ているが、それを読んで初めて知ったところもある。

にもかかわらず私は三浦夫婦にはこの本に書かれていない部分で、苦しいこと、辛いこともあったろうと友人として思っている。曽野さんの家庭の事情や曽野さんの病気については、この本で多少、触れていられるが、ましてこの夫婦は作家と作家との間柄だ。男の作家と女流作家とが結婚すれば、それはたいてい破局になる。それは才能と才能の共ぐいであり、時には普通の夫婦間では行われないような妥協のない傷つけあいがそこで繰りひろげられるからである。

三浦と曽野さんとは普通、聰明な夫婦だからそこをうまく調節したように思われているが、聰明だけで男女がうまくいくなら二宮尊徳《にのみやそんとく》も孔子《こうし》もソクラテスも結婚生活に苦しまなかったはずである。

三浦朱門の感嘆すべき四つの特性

三浦朱門は先ほども書いたように身だしなみには無頓着《むとんじゃく》だし、字を書かせれば金釘《かなくぎ》流《りゅう》なのだが、他の作家にはあまりない四つの特性を持っている。

一つは大飯ぐらいという特性である。私はかつて彼とレストランで、フルコースの食事を共にして家に戻ってから、忘れていた用事を思いだして電話をかけると、お手伝いさんが電話口に出てきて、彼は今、お腹がすいたからといって近所にトンカツを食いに行ったと言うので驚いたことがある。その後、体重がふえるので曽野さんから減食をすすめられ、会うたびに、「俺、ひもじいや」と情けない顔をしていたことがある。

第二の特性は、この男、メチャメチャの早起きで一緒に旅行などすると、まだ雀《すずめ》もチュウと鳴かぬ暗い時刻に目をさまし、枕元で猿股一枚になって体操をする。目をさますのは向うの勝手だが、隣に寝ている私にも、「起きろ、起きないか」と連呼する。

私が耳の穴を指でふさいでいると、金だらいを何処からか持ってきて、布団のそばでグワーン、グワーンと叩く。

三浦と旅行するとおかげで不眠に悩まされる。いつか曽野さんに、あなたも雅号をつけてみないかと言ったら、即座に眠女という名を答えた。曽野さんも彼の早起きには悩まされているのであろう。

第三の特性は、この男、どこで仕入れたのか生き字引のように物をよく知っているのである。それも深遠な文学の知識だけではなく、ネズミはなぜチューとなくか、蛙《かえる》にはなぜヘソがないかというような愚にもつかぬことまで、質問をうければただちに明快に解答できるのである。ホテルで一緒になって、三浦のドアを叩くと、よく彼は数学を一人でやっているが、暇で何もすることがない時は、数学をやるのだという。朝、早く目をさまして朝飯までに韓国語を勉強して、それが韓国に旅行した時、用を足したというような男である。少しバカなのではないか。

旅行をして宿屋につけば、トランクをおくなり旅館中を歩きまわり「火事の時はこの廊下を渡って右に行くと非常出口がある」と言う。

見知らぬ町に一緒に出かけても、宿屋まで迷わず帰るのは我々の仲間で吉行淳之介《よしゆきじゅんのすけ》と三浦朱門であろう。これは長男の特徴で、次男三男の生れにはできぬことだ。

第四の特性はこの男、ほとんど愚痴や弁解を言わぬことである。自分が人から誤解をうけても、その誤解にほとんど弁解を言わない。黙っている。

私のようなグータラ男ならともかく、品行方正な彼が人から誤解を受けるはずはないとお思いかもしれぬが、男の世界では品行方正であると、かえってケシカランと言われるのが普通である。三浦は体質的にあまり酒が飲めぬらしいが、それでも酒場などに一緒に行くと十時になれば立ちあがって帰っていく。次第にあいつには門限があるのではないか、門限など守るとは情けないという声も出てきた。本当は当時、曽野さんが『誰のために愛するか』に書いているような肉体的苦痛を味わっておられ、彼は早く帰宅していたのであるが、そういう私的事情を我々のように親しい友人にも釈明しない。おそらく彼のなかには、たとえ友人同士でもどうすることもできぬものを、一時の安易な感情でうちあけぬのが男のとるべき道だという気持があったのだと思う。

これはほんの一例である。私はほかの場合でも彼がほとんど愚痴や弁解を口に出したのを聞いたことがない。

「君はよく女房と旅行できるなあ」

と私は昔、彼に言ったことがあった。

「女房などと旅行して何がオモシロい、第一、メメしいじゃないか。俺なぞはうちの婆あがどこかに行きたいと言っても知らん顔をしている。第一、金が惜しい。たまに一緒に旅行しても、すぐ喧嘩《けんか》だ」

その時の彼は笑っていたが、ずうっと後になって、ある日、私にこう言った。

「今だから話すけれど、俺が女房とよう旅行したのは、曽野が当時、ノイローゼにかかっていたので、その治療法のために出かけとったんや」

私たちは長いつき合いにかかわらず、曽野さんがそのようなノイローゼに苦しんでいたことを三浦自身の口から聞いたのは後にも先にもこの時がはじめてだった。私はこのような三浦は男らしいと感じたし、本当の男らしさとはこういうものだと思ったのである。

僕は三浦朱門の代父

少し、彼のことをほめすぎた。友人のことを他人にほめるというのは、ちょうど息子をほめるのと同じように照れくさく、恥ずかしいものである。実は彼はこの原稿を私が書くということを知っていて、ナポレオンをやるからほめて書けと言ったので仕方なく少しほめてやったのだ。

友人のことをほめるのは、ちょうど息子をほめるのと同じように照れくさいと今書いたが、実は彼はカトリック信者の関係では私の息子になるのである。ご存知のようにカトリックの洗礼式の時には、洗礼をうける者は一生、父がわりになってくれる人をきめねばならぬ。これを「代父」というのだが、三浦の代父はほかならぬ私である（ついでに言うと、曽野さんは私の女房の代母である。したがって三浦は私の妻の母親の亭主であって、私の息子というヤヤこしい関係になる）。子になった者は盆暮には代父の家にお世話になっておりますという意味で贈り物を届けるべきなのであるが、愚息三浦はまだ一度も私に大根一本、ボタ餅一箱、持ってきたことがない。

三浦がどうしてカトリックになったのか、私にもよくわからない。私はこれでも三浦

のほかに慶大の三雲《みくも》教授や劇作家の矢代静一《やしろせいいち》の「代父」なのであるが、彼らに言わせると、

「遠藤みたいなグータラでデタラメでもカトリックだと言いはるなら、俺がカトリックになれぬはずはないと思って洗礼をうけた」

そうであるから、人間、何でも役にたつのである。

代父でありながら三浦がどうしてカトリックになったかわからぬとは情けない話ではあるが、一人の人間の内側や魂の世界が他人にそう簡単に覗けるはずはない。おそらく三浦にだって自分の入信の動機をうまく説明できるはずはあるまい。

曽野さんは娘時代からすでにカトリックだった。三浦にも当然、細君の宗教や信仰は他人事ではなかったはずである。しかし私の記憶している限り、当初、我々が知りあってから、かなりの期間、三浦は少なくとも表面的には曽野さんの宗教をイロニカルに見ていたように思える。第一、友人である私をみて、ますますその感を深くしたのかもしれない。

その彼を私はなぜ、一人の神父に紹介し、一緒に旧約聖書の勉強に出かけたのか。今もって私がなぜ彼を誘い、彼がこの時ばかりは素直に承諾したのかよくわからない。おそらくは私一人でその神父のところに勉強に行けばシンドイだろうなあと思い、シンドサの半分を三浦に背負わせてやろうと狡《ずる》いことを考えたのだろう。一人で行けば居眠り

もできぬ。だが三浦のうしろにいれば、あいつは真面目だから、いろいろ質問するだろう、その間こちらも居眠りができると思ったのだろう。

とも角も、霞町《かすみちょう》のカトリック教会の本だらけの暗い部屋で、毎週一度、三浦と私とはこの仏蘭西人の司祭の旧約の講義をきくようになった。予想していたように私は途中で眠くなったり、顔だけは聞くふりをしても心ではバーにいるホステスの顔を思いだしたり、うちの女房の奴は生意気だ、一度、ドタマをコヅかねばならんなどと考えていた。三浦はよく質問をしてその神父とやり合った。時々、私が休み、三浦も休んだ。曽野さんも顔をみせるようになった。

一年ほどたった。雨の日に彼から洗礼をうけると喫茶店で言われた。どうして受けるのかとたずねると彼は困ったような顔をした。私はその時、曽野さんの顔を思いだした。というより、その前に私が長い病気で苦しんでいた時、家内に彼女が送ってくれた心こもった手紙のことを思いだした。

「お前を代父にしたるわ」

と彼は威張って言った。私は、この阿呆、代父に俺をさせたら一生、盆暮に贈り物もってこねばならんのに、基督教に無知な日本のインテリはしょうがないわ、と心中、せせら笑っていた。

信濃町《しなのまち》の線路わきの小さなチャペルで——そのチャペルにはほとんど装飾がなく、ただ一本の美しい十字架が祭壇においてあった――三浦はある朝、生れて初めて跪《ひざまず》いた。バカヤロメと私は彼のうしろにいて思った。三浦がつれてきたのは曽野さんと一人息子の太郎君だけで、立ち会い人は私と妻だけだった。彼は蠟燭をもたされ、頭に水をかけられた。バカヤロメ。これからは自殺だって、離婚だってできなくなるんだぞ。一度、えらんだ人生、一度えらんだ人間を捨てられなくなるんだぞ。あのみじめな、くたびれた顔をして針金のようにやせこけた男から永久につきまとわれるんだぞ。その男はお前さんが突き放しても突き放しても、うしろからトボトボとついてくるぞ。向うもお前さんを捨てないが、お前さんも彼を捨てられなくなるんだぞ、と私は思った。

洗礼式とミサがすんで外に出ると空は晴れていた。我々は原宿に行って三浦の奢《おご》りでシナ飯をたべた。この時だけはさすがの彼もかなりましな洋服を着ていたし、頭にも櫛を入れていた。

後記　三浦朱門は現在、文化庁長官という仕事をさせられて、ふうふう言っている。可哀相《かわいそう》な彼に手紙を出して励ましてあげましょう。

私の別荘

軽井沢といっても昔の沓掛《くつかけ》——今の中軽井沢の奥に山小屋のような家を持っている。六、七年前までは一時、別なところに夏、出かけたこともあるが、結局、軽井沢に落ちついてしまった。別に特に理由があるわけではない。妻が子供の時から毎夏、ここで夏を送っていたから土地の人に知人もあり、何かと便利だったからである。

七月の下旬頃から家族はそちらの方に行く。私は仕事の都合などもあって必ずしも皆と一緒に行くことはできない。

しかし行っても結局、仕事をかかえて行くのだから避暑というよりはもう一つの仕事場と言ったほうがいいかもしれない。実際、昼はたいてい家のなかに閉じこもって仕事をしているのだから東京の生活と変りはない。

私が夏ここに来て助かるのは、何よりも蚊に悩まされず寝られるということだ。私は蚊のあの羽音をきいただけで、もう寝られぬのである。のみならず、蚊取線香その他の薬の匂いは、私の気管支にとっては大敵であるので、夏だけはどうしても東京を離れねばならない。それでないと睡眠不足になって完全にへばってしまうからだ。その点、ここは木々が多いにかかわらず、蚊がいない。

雨戸をしめても暑くるしくないので、グッスリ眠れるのである。

もっとも、夜になると、毎夜と言っていいほど知人たちが遊びにくる。それがたのしみだ。北杜夫《きたもりお》や矢代静一や村松剛《むらまつたけし》のような友人も軽井沢や中軽井沢にいるので、しばしば会うことができる。大原富枝《おおはらとみえ》さんもすぐ近くなので散歩の途中、寄ることができる。私は性格的に自分の家に人が来てワイワイ騒いでいる状態が大好きなのだが、東京ではさすがに仕事のことで毎夜みなに来てもらうことはできない。ただ、夏、この家だけは皆の寄り合い場所になったので、大変、気に入っている。皆が勝手にワイワイ騒いでいる隣の部屋で、こちらも勝手に仕事をしていると、妙に捗《はかど》る時もあるから、ふしぎだ。

数年前、私は三田文学の編集長をやったために慶応の学生たちも泊りがけでくるようになった。多い時は五、六人の学生や若い後輩たちが我が家でゴロゴロしている。夏だし、若い連中だから、貸布団屋で布団さえ借りてくれれば、どこにも寝てくれる。

今年は、そんな後輩たちが気がねなく騒げる場所がほしいというので、庭に皆の手で小屋を造ることにして、この二カ月ほど前、全員で出かけて鍬《くわ》とシャベルをふるい、敷地をつくった。そこにプレハブの一番、安い家をもってくることになっている。そして今年の夏、後輩たちとそれにペンキを塗ったり、ベランダを造ったりするのを楽しみにしている。一番安いプレハブでも素人の手でこんなに改造できるというような家を造りたいと思っている。

別荘というのは敷地が狭くても多少、不便でも水の便さえあれば、周りに家のない所を選んだほうが良いというのが私の考えだ。現在の地点を教えてくださったのは高畠《たかばたけ》達四郎《たつしろう》画伯の夫人だが、その点、私は大いに感謝している。私のまわりは多少、町から遠いが、しかし森や小川があり、それら全部が自分の庭のようなものだからだ。近所に家があまりないから、どんな恰好をしていてもいいし、大声で叫んでも、派手に夫婦喧嘩をしても平気である。東京という万事がフラストレーションを起さす都会から出て一年に一カ月、そのフラストレーションを解消できるのが、私にとっては何よりも有難い。

素敵な女友だち

私を励まし慰めてくれる人

他にとりえのない私だが、ひとつだけ有難いと思っているのは、あまたの友人に恵まれていることである。自慢ではないが文壇のなかでいい友人を持っている五人のなかに私は入るだろう。

師や先輩をふくめて私が影響をうけ恩恵をこうむった人を一人一人あげていては枚数が何枚あっても足りない。

そこで女友だちの二人をここに書く。この二人と邂逅《めぐりあ》ったために私は自分の生活や人生にどんな励ましや慰めを受けたかわからないのだから。

一人はエス・ビー・カレーの会長夫人の山崎陽子《やまざきようこ》さんだ。もっとも私が彼女と知りあったのは私がカレーが好きだったせいではない。彼女が子供のミュージカルをやり、それが機縁で私たちの「樹座」の文芸部に三浦朱門、矢代静一と共に入ったからだ。そして今、「樹座」の台本脚色はほとんど陽子さんがやっている。

もう一人は遠山一行《とおやまかずゆき》氏夫人の慶子《けいこ》さんで、これは国際的に活躍しているピアニストだから多くの人が知っているだろう。

この二人を通して私は「女性なるもの」の素晴らしさを心から学ぶことができた。男とはちがった女の才能、感覚、やさしさ、心づかいのデリケートを教えられた。日本男子でありながら私が女性を尊敬するようになったのは、母、有島生馬《ありしまいくま》氏の令嬢、そしてこの二人のおかげである。

私はピンチになったり、苦しい時、男らしく毅然《きぜん》として耐えられず、女々しくも慰めを求める見さげ果てた性格がある。

そんな男なのに陽子さんはいつも励まし、慰め、助けてくれた。一方、慶子さんは私に音楽というものと共に信仰や本当の人間的なやさしさを吹きこんでくれた。私が三浦や矢代と共に「キリスト教芸術センター」をつくったのは慶子さんの奨めにもよる。

いずれにせよ、この二人はかけがえのない友人であると共に、二人にめぐりあったことを私は生涯、感謝するだろう。

私の選ぶ一枚のレコード

たった一枚の好きなレコードを選べと言われるのは、たった一冊の愛読書を選ぶのと同じようにむつかしい。

私は音楽は素人だから「好きな」レコードという意味にもいろいろな形や事情が伴っ

ている。たとえば矢代秋雄《あきお》の「室内楽全作品」（カメラータ・トウキョウ）は若くして死んだ彼の素晴らしい感受性と精緻きわまる音と楽章の組みあわせに感動するから好きなのだが（むかし、彼に私はこう言ったことがあった。君の曲は素人のぼくがきいてもあまりにも美しいはめ木細工みたいだね、と。彼はその感想をとっても悦んでくれた）同時にその曲をきくと留学時代おなじ建物に共同生活をした彼の人なつこい顔を思いだすからだ。おなじようにコルトーとチボーの演奏するフランクの「バイオリン・ソナタ」はむかし学生時代堀辰雄《ほりたつお》氏の家できき、またリヨン留学時代にこの二人の演奏会にはじめて出かけたという忘れがたい追憶も伴っているから好きなのである。

だが今日は私は遠山慶子さんの「ドビュッシーとラベル」（カメラータ・トウキョウ、CMT一〇一二）をえらびたい。

六、七年前から私は遠山一行夫妻のえらんでくださった演奏家によるコンサートをきく会をわが仕事場で行っていた。一時、中断したが今、それを某ホテルで再開しつつある。

そんなわけで一行氏や慶子さんとも親しくなったのだが、親しい以上に私は慶子さんの人間性を敬慕していて若いお嬢さんに彼女をできるだけ紹介しようとしているくらいだ。

彼女はコルトーの愛弟子《まなでし》である。おそらく日本の女性のなかで巴里《パリ》の本当のサロンを知ってるのは彼女一人だろう。コルトーは彼女をクローデルのもとに連れていき、次々と数多くの芸術家を紹介した。まだ娘だった彼女の心にそれらの芸術家が与えた痕跡がどのようなものであったのか。

私たち仲間は彼女の奨めでサロンではないが、いろいろな思想家や私たちもの書きが自由に話しあえる家庭的な場所をこしらえた。音楽を知らぬ者が「美空ひばりのほうが私にはバッハより好きなんです」と遠山一行氏に口がきけるような遠慮がない場所である。その場所に慶子さんは次々と若い人をつれてくる。そして先輩たちの話をきかせようとする。その細かな心づかいに私はいつも感動している。それはおそらく彼女のふかい信仰からもきているのだろう。

そんな彼女だから「本もの」の音楽を若い人々に伝えようとする。前記の場所で、彼女は月一回「演奏の歴史」というテーマでひとつの曲を色々な演奏家がどのようにひくか、その違いを話してくれるが、それはすばらしく面白い。本ものの演奏とは音楽以外のもので、聴く者の耳を誤魔化さぬ演奏である。ムードやハッタリでこちらをだまさぬ演奏である。素人のくせに私がこの遠山慶子さんの演奏レコードを選んだのはその「本もの」志向のためなのである。

娘思いの兄

私には息子が一人しかいない。そういえば友人の安岡章太郎君も娘一人、三浦朱門君も息子一人である。もっとも阿川弘之《あがわひろゆき》君のように五十歳をすぎて、なお、四人目の子供を作ったという大人物もいる。

その一人息子に、兄弟がほしくないか、とたずねたことがある。いらねえや、という返事だった。もし弟か妹がいて、その弟妹が自分より成績が良かったら困るもん、というのがその理由だった。

彼の返事を聞いて私は幼少年時代の自分を思いだした。私の場合、たった一人の兄がいつも勉強ができ、学校でもほめられ者だったから、ことごとに比較され、ほとほと閉口したからである。後に兄に聞くと、彼のほうは上級学校の入試に落第ばかりしている私を見て、自分は一生、こいつの世話をせねばならぬと本気で考えたそうである。

大人になって私は作家、兄は電電公社の勤め人となり、まったく仕事の違う世界に入ったが一人きりしかいない兄弟だったから仲は良かった。しばらく会わないでいると、どちらからともなく電話をかけ、月に一度は酒を飲んだ。兄と私とは同じようにミー・ハー族的なところがあり、彼が小説家の私にいつも熱望するところは、私の作品が映画化、テレビになった時は自分を是非、出演させてもらいたいということだった。

私も最初の頃は冗談かと思ってはいたが、彼がたびたび繰りかえすので一度、私の小説がテレビ化された時、プロデューサーに頼んでバーの客になってもらったことがある。バーのマダムは津島恵子《つしまけいこ》さんがおやりになった。その日、兄は興奮し、硬直し、一族を率いてスタジオにあらわれ、ピノキオのごとく歩き、腹話術のごとき震え声で熱演したが、見物にきた家族一同の失笑と関係者の憫笑《びんしよう》とをかっただけであった。これで懲りたかと思ったが、当人はそれでも得意だったらしく、津島さんと共演したと悦んでいた。

私とちがって息子のほかに三人の娘を持った彼は、長女や次女を早く嫁にやらねば、という気持と、嫁にいかれると寂しいという父親の矛盾した気持を時々、私に洩《も》らした。私は姪《めい》たちの無責任な味方となり、大学を卒えたら少し社会で働かせろと言うと彼は本気で怒った。そしてやがて長女と次女とに縁談があり婚約がきまると、寂しさをかくすためか酒の量があがった。私の家に遊びに来た時、またたく間にウイスキーの瓶を半分、空けるのを見て、私は娘を嫁がす父親はこういう風になるのか、とびっくりした。

長女の結婚式の間、兄はカトリックの聖堂でしきりに手で眼をぬぐっていた。悪いが私はそれが可笑《おか》しくてならなかった。そして披露宴のあと私が彼の息子や次女や三女をつれて飲んだあと、彼の家に寄ってみると、長女の子供の時からの写真帖を膝において、泪をしきりにふきながらブランデーをあおっていた。

そのためか、次女が結婚すると彼は遂《つい》に吐血をした。食道静脈瘤《りゅう》ができ、それが破れたのである。一時は危篤になったが東大の杉浦《すぎうら》教授の手術で一命をとりとめた。

その後、彼は酒もつつしみ、煙草《たばこ》も時々、葉巻をふかすだけになった。一緒に食事に行っても、私が彼の気持を思って杯に手を出さぬと、飲め、俺は大丈夫だと言った。そして一度、平岩弓枝《ひらいわゆみえ》さんに紹介してくれないかと言った。彼女の作品を読み、大いに感心したそうである。

平岩さんと兄とをある料亭で会わせたのは、そのためだった。私は兄が言いたいことがよくわかっていた。平岩さんは、じゃ、私のテレビに出て頂こうかしら、と言ってくれた。その時の兄の照れたような、嬉しそうな顔はなかった。やがて台本が送られてきて、それを見ると兄は料亭の場面で会社の重役として出る役になっていた。毎日のように電話がかかり、ふたたび興奮し、硬直し、大悦びをしている姿が眼にみえるようである。台詞はとっくに暗記した、今は自分で演技をつけていると自慢する。私は馬鹿馬鹿しくもあり、しかし、大病のあと、そこまで元気になってよかったと思った。

そのテレビが撮影される前日の夜、彼は可哀相にまたも吐血した。今度の吐血は少量で大事ないと言うので、私は兄の代りにスタジオに行き、兄の役をやった。スタッフや平岩さんに迷惑をかけてはいけないからである。

撮影がすんで病室にかけつけると、兄は口惜しそうに、俺は運が悪いなあ、とこぼした。そうか、池内淳子《いけうちじゅんこ》さんもいたのか、お前はうまいことをしやがったと本気で残念がっていた。

数年前、兄は今度は大量の血を吐いて他界した。私は彼の死など夢にも考えられなかったが、本人は覚悟をきめていたらしい。かけつけてくれたカトリックの神父に、今度は駄目かもしれませんが、それも神の摂理ですから従います、と語ったそうである。医者にも礼をのべ、看護婦にも礼を言った。

そして私と向きあった時、彼は疲れきった顔で、アメリカに遊学している末娘に早く会わしてくれと言った。彼女はもう飛行機に乗っている、もうすぐの辛抱だと私は答えた。あとを頼む、と言うので、何をくだらんことを、と怒鳴った。

だがその夜、彼は死んだ。朝がきて病室の遺体とぽつんと向きあっていると、五十年にわたるこの一人きりの兄との思い出がひとつ、ひとつ、甦り、その髪に白いものがこんなにまじっていたか、と始めて気がついた。病室の床には彼の吐血した痕が桃色に残っていて、私は長い間、それを見つめていた。

母と私

母の一言

〝私の母〟というような題で語るのは、何か気障《きざ》なようで余り好きではない。私の母は、既に故人になってしまったが、非常に篤学心の強い人で、現在の芸大——昔の上野の音楽学校を卒業した。そして、幸田露伴《こうだろはん》の妹の安藤幸《こう》さんに就いて、ヴァイオリンを習い、後にモギレフスキーにも師事した。その同じ弟子に諏訪根自子《すわねじこ》さんがいたそうだ。

私の記憶している母は非常な勉強家で、一日に四、五時間は絶えずヴァイオリンの練習をし、冬の寒い時などヴァイオリンの糸で指が破れ、ピッピッと血がとび散ったのを見たことがある。ところが、そういう母の息子でいながら私は子供の時からぐうたらで、自分から動くことが嫌いだった。そのせいか犬や猫が好きで飼っていた。それは動物の方が動いてくれるからという無精たらしい理由からである。

そういう調子なので、小学校も中学も不成績で、周囲の者や親戚の人たちから馬鹿にされるばかりか、学校の先生からも馬鹿あつかいを受けて、自分でも俺はほんとに馬鹿ではないかという劣等感に悩まされた。

そうした時に、母は、

「お前には一つだけいいところがある。それは文章を書いたり、話をするのが上手だから、小説家になったらいい」

と、言ってくれた。

とにかく、算術はからっきし出来ないし、他の学科もさんざんだったが、小説というのか童話というのか、そんなものを書いて母に見せると褒めてくれるので、それを真にうけて、大きくなったら小説家になろうという気持を、その頃から持つようになったのだが、——それだから小説家になったのでもない——もし、その当時、母が他の人たちと一緒になって、私を叱ったり馬鹿にしていたら、私という人間はきっとグレてしまって、現在どうなっていたかわからないという気がする。

母が私の一点だけを認めて褒め、今は他の人たちがお前のことを馬鹿にしているけれど、やがては自分の好きなことで、人生に立ちむかえるだろうと言ってくれたことが、私にとっては強い頼りとなったと言える。

実際、小説家となった今日、あの時母がいなかったら、小説家にならなかったに違いないと思う。また、小説などを読むことを教えてくれたのも母だった。私が本を読めるようになった頃、母は私と一緒に本を読んでくれて、こんな風景の書き方があるが、面白いでしょうなどと語ってくれたが、それがある意味で小説の読み方に通じたのだろう。

同時に、本を読むことの楽しさを教えてくれたとも言える。

もう一つ、母は自分が音楽を勉強したせいか、私に音楽をいろいろと聴かせてくれた。私は音楽には全く音痴だが、聴くことは好きだ。それはそれとして、本を読んだり、音楽を聴くことによって、私は芸術家を尊敬するということを教えられたと思う。母は音楽家として成功しなかったが、私に、一つの芸術が育つためには、非常に勉強しなければならないということと、一流の芸術家が世に出るには、他の多くの芸術家が、その足下で滅んでいるのだということを教えてくれた。

母は後にキリスト教信者になったが、宗教と芸術についてすっかり考えこみ、ヴァイオリンをやめてグレゴリアン音楽というものの勉強を始めた。後年になって私はキリスト教というものを、母親に対する愛着から勉強したり、考えたりするようになった。もちろん、子供の時には教会へ行くのを嫌っていた。

とにかく、私がキリスト教から離れることができないとすれば、その五〇パーセントは、母に対する愛着に由来しているのではないかと思う。母はキリスト教者として死んだ。

母への負い目

母は世間の母親と違って、自分の弱点を平気でさらけ出した。母の死後に、その生涯を調べて、その恋愛などというものがわかってくるに従って、母というものがぐっと身近に感じられるようになったのは、私の年齢のためからかも知れないが、一つには私が小説家であるからかも知れない。

私にとって母というのは、単に尊敬すべき人というのではなく、もっとも人間らしい生き方をした人物ということを感じると同時に、やはり私の肌の一部のように感じられる。

私はいつか母のことを小説に書きたいと思っているが、まだまだ私にはそれを書き分ける力がない。後五、六年もしたら母をモデルにして、母を書くのではなく、『女の一生』という題で一つの小説を書いてみたいと、いつも思っている。

私は書斎に母の写真を飾っているが、私が酒を飲んで悪業を働いて帰ってくると、写真の母は何か怒っているような顔に見えてくる。また、仕事がはかどった時、母の写真を見るとニコニコしているような気がする。同じ写真なのだが、そういうように感ずるのは、私がこんな年齢になっても母を怖いと思うのは、私が母を良心の一つの規準にしているからだろう。

とにかく、考えてみると、私は母に対して迷惑ばかりかけた。私は学生としても悪い学生で、あちこちの学校を受験しては落ちてばかりいて、浪人も三年ぐらいするし、母としては、他家の息子と比較して自慢になるような点は一つもなく、ようやく学校に入学しても教師から呼び出しがくる始末だった。やっと芥川賞を受け、文士として一人前になったが、子供の頃、小説家になれと言ってくれた母は亡くなっていて、受賞後になって、家内や子供をつれて温泉へ行ったりしたが、私はそれまでは一回も自分の金で母を連れて行ったことはないし、こんな温泉へ家内や子供を連れて来ているというようなことが、非常に母に対し申し訳ないという気がすると同時に、母の生きている間に自分の金で温泉へ連れて行きたかったという気持がした。

これは単に私だけではなく一般の男性が、自分の母とか妻に対して、常に良心——相手は良心で自分は悪い人間だと思うのである。私には母や妻は良心であり、私はいつもその良心をふみつけにする悪い人間だという気持から抜け切れない。私にとっては妻を拡大したのが母親であり、これは世の中の一番いい部分で、しかも、それに対して悪いことばかりして、迷惑をかけてきたのが、私だという気持から抜け切れない感じがしている。

日本人と母親

最近、私は「日本人の精神形成にその母親が及ぼした影響」とか「母なるもの」について時々、考えるようになった。

こんなことを考えるようになったのも、一つは戦中派である私が、あの戦争中、多くの日本兵が何によって死んだかを思うことがあるからである。

よく聞く話だが、日本の兵隊は息を引きとる時に「天皇陛下万歳」と言う代りに「お母さん」と言いながら死んでいったという。

私は実際、そういう場面を目撃しなかったから、それが本当かどうか知らない。しかしおそらく普通の日本の兵士が「お母さん」とつぶやいて息を引きとる心情になったことは当然のような気がする。

もし本当の思想というものが自分の死と向きあった時、人間がつぶやく言葉にあらわれるとするならば、宗教を持たぬ大部分の日本兵士にとってこの「お母さん」という言葉は「ナムアミダブツ」や「アーメン」とつぶやいて息を引きとる仏教徒、基督教徒と同じ心情で口からほとばしった宗教的な言葉だったのである。言いかえれば彼らにとって母は神や仏の代りにさえその瞬間なったにちがいないのだ。

それは「母なるもの」が他の国民以上に日本人の心情にはぬきさしならぬ位置をしめているからであろう。意識すると否とにかかわらず、宗教のない日本人の心に母は人生観や人間観のうえで大きな影響を与えているのである。

このことは日本の仏教を見ると更によくわかる。私は仏教のことは詳しくはないが、梅原猛氏の著作を読むたびに、日本的な仏教とは結局、母なる仏教だとつくづく思う。印度《インド》や中国の抽象難解の仏教は我々の国のなかで、ちょうど母親が子供をゆるしてくれるように、仏が人間をゆるしてくれる宗教に変っていっている。

善人が救われるなら、悪人は尚更《なおさら》のことであるという言葉は、言いかえれば、出来の悪い子に、恩愛をそそぐ日本の母の心情の移しかえである。

この言葉から多くの日本人は仏のなかに、きびしい父のイメージよりは、やさしい母のイメージを見つけるにちがいない。

宗教には二つある。「父なる宗教」と「母なる宗教」である。

「父なる宗教」が旧約の神のように悪を責め、怒り裁くなら「母なる宗教」は悔いたものを許し、愛してくれるのである。日本には父なる宗教は育たず、母なる宗教が栄えるというのは私の考えだが、その根本原因は、戦場で多くの日本の兵士が「お母さん」とつぶやいた心情につながるのである。

与えられた枚数ではこの問題はとても書ききれぬが、私は多くの哲学者や社会心理学者が「日本人と母との関係」についてもっと探求してくれることを望んでいる。

少なくとも今日まで日本人について書いた本のなかで、このことを詳述したものに出あったことがない。

ある村の小さな歴史

かくれ切支丹との出会い

ひとつの村の小さな小さな歴史を話そう。それはちょうど八月に語るにふさわしい物語かもしれないから。

幕末のころである。プチジャンというフランス人の神父が長崎にやってきた。そのころの幕府は諸外国の要求に抗しきれず、米国をはじめとする五カ国と修好通商条約を結び、長い間の切支丹《キリシタン》禁制の一角まで崩して、日本に居留する外国人にだけ信仰の自由を認めたのだった。

プチジャン神父は外人のために造られた長崎大浦の教会に赴任したのだが、彼にはひそかな目的がひとつあった。

それは彼が日本での布教を狙って那覇で日本の勉強をやっていた四年前のことだった。一人の中国人から彼はあの国には厳しく禁じられている基督教をひそかに信じている「かくれ切支丹」たちがいると耳にしたためだった。

どうしてもその「かくれ切支丹」たちを見つけよう。接触しよう。それが長崎に来て以来の神父の悲願となった。彼は街の人にたずね、子供にまで質問をしたが、その点になると日本人たちは暗い顔をして首をふるだけだった。

だが一八六五年の春、珍しい異国の教会をとりかこんで見物する日本人のなかから何人かの百姓姿の男女がそっと教会内に忍びこんだ。そして一人の女が神父にたずねた。

「サンタ・マリア（聖母）さまのお像はどこ？……」

この言葉が切っ掛けとなって神父は彼らが長崎から山ひとつ越えた貧しい浦上村《うらかみむら》の百姓たちであり、彼らこそ自分の探し求めていた「かくれ切支丹」であることを知ったのだった。

この時から夜になると山をこえてプチジャン神父は浦上の集落をたずねるようになった。長い年月のあいだ、教会もなく宣教師もいなかった彼らの信仰には基督教の教義から離れた部分もあったので、神父はそれを教え、納屋を聖堂として、ミサをたて、そして彼らにあらためて洗礼を授けた。

この秘密の布教は一年つづいたが、ふとした出来事から長崎奉行所の探知するところとなった。衝撃を受けた奉行所は六月の夜、浦上を包囲して切支丹信徒たちの主だった者を捕縛して引きたてていった。

小さな村の歴史が語る意味

きびしい取り調べを受けたが、棄教を拒む者は多かった。次々と浦上村の男女は投獄され、鉄砲責めや綱責めという拷問をうけた。

さまざまの経過をたどった後、これら浦上村の切支丹信徒たちの扱いは明治新政府に引きつがれたが、明治政府も諸外国公使の抗議に「国内問題への干渉である」と反発し、ついに浦上村の老若男女の信徒全員を国内の各地に分散して投獄することにきめた。

故郷から引きはなされ、見も知らぬ土地の牢屋《ろうや》で、この日から浦上村の人々の苦しみがはじまった。それぞれの土地ではそれぞれ待遇の差はあったが、拷問や飢えや寒さの苦しみには変りなかった。とりわけそのなかでも有名なのは島根県津和野《つわの》だが、今日、津和野で遊ぶ若い男女は浦上農民の苦しみの歴史をほとんど知っていないだろう。

彼らが獄中で呻吟《しんぎん》している六年の間、明治の日本は近代国家に変ろうと懸命になっていた。明治四年の十一月、岩倉具視《ともみ》を大使として木戸孝允《たかよし》や大久保利通《としみち》、伊藤博文たち四十八人の一行が、屈辱的な安政条約を改定する準備のため、米国をへてヨーロッパにわたった。そして、彼らは翌年の三月に大統領グラントの接見を受けた。

グラントはその席で、「そもそもわが国の人民に富と幸福をもたらした理由は……出版の自由を奪わず、信仰の良心を束縛せず、国民のみならず、在留外人の宗教に一切の制限を設けなかったからである」と演説し、岩倉たちに日本で浦上の農民たちに加えている切支丹禁制と迫害をやめるよう説いたのである。

岩倉たちはこの米国政府の態度から条約改正のためにも、日本が近代国家であることを諸外国に認めさせるためにも、宗教の自由を海外に宣言する必要のあることを痛感した。こうして彼らの要請にしたがい明治政府も明治六年、ついに日本における長い切支丹禁制の幕をとじざるをえなくなった。そして各地の牢獄から生き残った浦上の老若男女千九百三十人が六年ぶりでなつかしい故郷に戻ったのである。

畑は荒れ、家はこわれていたから彼らは必死になって村の再建のために働いた。そしてその貧しい毎日のなかで自分たちの教会を造ろうと試み、娘たちは愛を生かすために看護婦の勉強をした。こうして彼らはあの浦上の大聖堂を自分たちの手で造ったのである。

以後、歳月が流れた。そして、浦上の農民たちを救い、信仰の自由を助けてくれた米国と日本との間に戦いがはじまり、昭和二十年八月、その米国から飛来した飛行機が、ほかならぬ浦上の上に黒い爆弾を落したのである。爆弾は閃光《せんこう》を発して炸裂《さくれつ》した。畑で働いていた浦上の農民たちも、彼らの家と、かつて釈放の悦びをこめて築いた浦上の大聖堂をも一瞬にして殺戮《さつりく》し、ことごとく破壊した。

浦上は小さな村だったし、今も長崎市のはずれに含まれる町にすぎぬ。だが私はそこを訪れるたび、この小さな場所が日本の近代、現代史に及ぼしたあまりに大きな、しかもあまりに深い意味をもった二つの出来事を考えて、社会正義や民主主義さえも政治の次元のなかでは矛盾した結果を生むことに溜息をつかざるをえない。そしてここに生きた浦上の農民信徒が、日本国民の信仰の自由とそして日米関係の上に払った並々ならぬ犠牲に思いをはせざるをえない。これがひとつの小さな村の歴史なのである。

病気をプラスに

病気のおかげで人生のあるものに触れた

私が最初の大病を患ったのは三十代の後半だった。

ソビエトのタシケントでアジア・アフリカ作家会議があって私もその一員として出席した。ソビエトの帰り印度によって日本に戻った時、飛行場から家に電話をいれると、

「大変。入院しなくちゃ、いけないんです」

と家人が懸命な声で言った。

出発前、念のためレントゲンをとったのだが、そのレントゲンで治ったと思っていた肺の病巣が悪化していたことがわかったという。

翌日、病院にとんでいった。医師はレントゲンを指さして入院の必要を説明した。

「それでどのくらい入院しなければならないのでしょうか」

「一年ぐらい……」

医師は一年と、最小限のことを言った（事実はその後、二年半にちかい入院生活を私は送ったのである）。

頭を棒でガンと撲《なぐ》られたような気がした。私は三十代の後半でちょうど自分の小説の方向がやっと見えてきたところで、書きたいと思うテーマを幾つか頭のなかに持っていた。しかし入院をしてしまえば、それらの仕事はすべて放擲《ほうてき》しなければならなかった。私はその時、仕事のことだけで生き甲斐《がい》を持っていた。

のみならずサラリーマンとちがい、小説家はもし書かなければその日から毎日の生活が苦しくなるといってよい（当時は今のように文庫などが隆盛だった時代ではなかった）。療養費も家族の生活費も会社というバックがある人たちとちがって、私たちは孤立無援である。一年の間、どのようにして入院費を払い、家族の生活費を出したらよいのか。それがまず私の大問題となった。

要するにこの時、病気は私にとって思いがけぬ大天災のようなものだった。病気を素直にうけとめられず、口惜しくって口惜しくって、まったく途方にくれた。入院当時、友人のSが手紙をくれて、

「君の心中、お察しする」

と書いてあったが、心中の無念という言葉があの心境をよくあらわしているような気がする。

療養生活の前半はこの口惜しさ、残念な気持で送った。家人が持ってくる文芸雑誌をひらくたび、友人の誰かれが作品を発表しているのをみては、

「書きたい。もし俺が病気でなかったら」

俺も作品に熱中していたろうとせつに思った。仕事をやれるのにと、それだけがあつく頭を横切っていった。

生活費、入院費を作るため医師の眼をぬすんで、少しだけ仕事をした。しかし精力を使う純文学だけはとても書けない。だがそれでも病室のなかではたえず雑事（診察、検査その他）で落ちつけず、ろくな原稿はできなかった。

病状ははかばかしくなく、私ははじめの病院から別の病院にかわった。その後手術も三回、やった。

療養後半になると口惜しさを感ずる気力がなくなり、このまま人生が終るのかとか、この体では退院してもとても長くは生きられぬという気持のほうがつよくなっていった。せめて、ただ一つだけ、いいものを書いてから死にたいなどと病床で本気に思っていた。寝てもさめても次に書く小説のことばかり考えた。もちろん何を書くかは漠然としていたけれども、自分が書くであろうことのテーマが夜半の病室でもおのずと浮びあがり、闇のなかでそれを凝視している感じだった。

これが私の三十代後半における病気への姿勢である。今、思うと私は病気してよかったとさえ考えている。病気したおかげで小説家として人生のあるものに触れたからである。そのあるものとは勿論《もちろん》、ここで書く余裕はないからこれ以上のべないが、そのもののおかげで後半の自分の文学にある光が与えられたように思う。

病気で人生は豊かに

五十代の半ばに私はもう一度手術をした。はっきり言うと上あご癌《がん》の疑いがあったのである。

私は蓄膿《ちくのう》だったが、ある日、鼻をかむと、かすかな血がまじっていた。次の日も血がまじっていた。それが一週間ほどつづいた。

親しい病院（つまり私が三十代後半に手術をうけた病院）でまったく何の気もなく診察をうけた。はじめは、

「たいした事ないでしょう」

と言っていた医師が念のためにレントゲンをとってくれ、その写真をみて同僚とひそひそ話をはじめた。シャッテン（影）が強すぎるなどと言っている。ピンときた。癌ですか、とたずねると、そう断定はできませんが、要注意ですという口をにごした答えがかえってきた。

「あけてみると癌かどうか一番よくわかるんですがねえ」

二週間後、私はその手術をうけ、細胞の検査をしてもらった。さいわいに癌ではなかった。

だがその手術を切っ掛けとしてなぜか私は体をひどくこわした。

これらの時期、私は三十代の後半とちがって、自分にふりかかったものを比較的、納得のいく形で見ようと試みていた。かつて味わった口惜しさ、無念さではなく、病気や死の不安（不安はたしかにあった）から人生のなにかを更に学ぼうと努めた。

そう書くと私が泰然自若としていたようにみえるが、もちろん、そうではない。動揺はあり、不安はなかったとは言っていない。

しかし三十代の後半とちがって五十代の半ばの私は自分が人生の秋に入っていることを承知していた。こういう不安や苦しみが、かつて自分にマイナスだけではなくプラスもくれたことを経験で承知していたから、今度も今の不安や動揺や死の恐怖などから人生の何かを学ぶことができるということを知っていた。

病床で読む本は健康の時に読む本より心に一語一語くいこんでくる。不安の気持が何かをつかもうと必死に心を本に集中させる。その事をかつての入院生活で私は知っていたから、この期間、随分、本を読んだ。勉強した。現実生活では挫折しても人生の次元では収穫があるということは私のように生活と人生とをかなり区別して考えている者には救いだった（このことも三十代後半の病気で学んだことである）。

だから今度も人生の面ではトクをするつもりだった。さいわいなことには私は文学という生活ではなく人生の面に関係のある仕事をしているので、病気も必ずしも損ではなかったのだ。

その点は本当に小説家になってよかったと思っている。

ルドルフ・シュタイナーという思想家が人生を三つの時期にわけた。若い頃は肉体の時期である、なぜなら彼の生活の支柱は心や霊というより肉体だからだ。熟年期、壮年期は心の時期である、社会生活では心（知恵、知識）がその生活のバネとなるからだ。そして老年は次の霊的世界に入るための準備段階として、肉体や心は衰えるが、霊的なもの、精神的なものにすべてが集中していくと言っている。私もこの考えに同感である。

私は心の支柱だった三十代後半に第一の病気をして、精神的なものに気持がむきはじめて五十代に第二の病気をした。おのずと心境がちがうのもそのためであろう。

私と一緒に遊びませんか

「樹座」の門は大きく広い

私と一緒に遊びませんか――。

と、あなたをお誘いしてみます。

しかし私はまだあなたのお名前もお顔も知らない。年齢《おとし》も趣味も知らない。にもかかわらず、こうしたお誘いをするのは、ふかあい、深い事情があるからです。

御存知ですか、劇団「樹座」という名を。

御覧になったことがありますか。「樹座」の芝居を。

なに？　御存知ない。それはいけない。当節ではこの劇団の名を知っているか、知らないかが日本人の平均教養の水準になっているのですから。「樹座」を見たといえば、その人は教養があるということになります――。

そこで残念ながらまだ御存知ない方のため「樹座」についていささか御説明をしましょう。

「樹座」は日本一の素人劇団です。これは自称じゃありません。たとえば、この劇団のライン・ダンスひとつを取っても七十五人以上のレオタード姿の女性が一列にならんで踊る姿は宝塚歌劇団もとても真似《まね》できないでしょう。しかもこの人数は世界のライン・ダンスでは最高の数でして、目下ギネス・ブックに申請中ですが、この一つをもってしても「樹座」が日本一の素人劇団だということはよくおわかりと思います。

日本一だけではない。

この劇団は素人なら誰でも入れるんです。

と言うことは、現にこの随筆をお読みになっているあなたもその気持さえおありなら、我々の劇団員になれるんです。我々と一緒に歌い、踊り、芝居をやれ、ライトをあび、大劇場いっぱいを埋めた観客の熱っぽい眼差《まなざ》しのなかで拍手を受けられるのです。

しかも、高校卒以上の年齢なら何歳でもよい。三十代、四十代はうちではあまたいます。五十代は若いといって威張っています。

七十歳代のお婆さまがライン・ダンスの一人にまじって、レオタード姿で娘と足をあげておられましたし、それを見て誰も笑いません。むしろ万雷の拍手と声援とを彼女に送ったものです。

だから、あなたも尻ごみをなさる必要はありません。もう今年の募集は終りましたが、来年には是非、応募されることをお奨めします。もっとも、今は四人に一人という率で、どなたにも参加して頂きたいという我々の気持もやむをえず入団テストをせざるをえない破目になりましたが、しかし他の劇団とちがって、「樹座」は音痴、運動神経のない方、恥ずかしがり屋、不器用な人が合格して美声の持ち主やダンスのうまい人は落第してしまうのです。

それはなぜか。美声や踊りのうまい人ならば歌ったり踊ったりするチャンスは人生のなかでいくらでも転がっています。なにも「樹座」にいらっしゃらなくても、他の場所で御自分のたのしみを見つけることができるでしょう。

しかし音痴や運動神経のない人、引っ込み思案の人にはそういうチャンスはなかなか恵まれますまい。

そういう人は壁の花であっていいのか、そういう人に舞台にたつ悦びは生涯、与えられないのか。

いいえ、いいえ、とんでもない。そういう人に「樹座」は門を大きく開けて待っているわけです。「樹座」の方針は音痴の人、不器用な人、恥ずかしがり屋を集めて華やかな舞台を作ることにあるのですから。

あなただって舞台にたてる

「樹座」は今から十数年前、鼻毛を引きぬきながら寝そべっていた私の頭にインスピレーションのごとく発生しました。

「まことに退屈である。何か面白いことはなかんべえか」

と呟《つぶや》いた私は折しも遊びにきた編集者のN君にこう言ったのです。

「むかし、松竹の試験をうけて私は落ちたが、役者をやりたいという気持は消えたわけではない。面白半分に劇団を作ってみたいが、手伝ってくれないか」

彼は仕事熱心だけでなく風流を解する人物でしたから、早速に協力を承知してくれました。

そこで知りあいやその知りあいの友人から座員を集めたところ、四十数人が結集したのです。

新宿の紀伊國屋ホールでこの四十人で『ロミオとジュリエット』をやった日のことは今でも忘れられません。

なぜなら私たちはどうせ素人芝居である、客席の半分も埋ればいいと諦めていたのです。

それが開幕半時間前、楽屋にいる私たちのところに、

「もう満員です。あとからあとからお客が来ます」

というびっくりするような知らせが入ってきたからです。

なぜかわかりません。別に宣伝も何もしたのではない。

第一お金がないからチラシや広告をする費用もない。

それなのに何処で聞いたのか、ぞろぞろとお客が東西南北からやってきたのです。今もって、あれはふしぎです。

ふしぎはこの年だけではありませんでした。十五年、「樹座」がはじまってから十五年のあいだ、満員でなかった時は一度もないのです。

十周年には思いきって帝国劇場を使いました。昼夜二回の公演ですから三千八百人のお客を集めねばなりません。にもかかわらずこれも立錐《りっすい》の余地がないほど満員だったのです。

ニューヨークに出かけた時も外人の客が半分以上観《み》にきただけではなく、アメリカの演劇人や俳優なら批評を待ちこがれるというあの『ニューヨーカー』の記者が来て記事にしたいという始末です。

まったくなぜかわからない。世のなか、どうかしているのではないか。

さあ、これで私が「樹座」は日本一の素人劇団だといった言葉がホラでも嘘でもないことがよくおわかりになったと思います。

その日本一の劇団に私はあなたが参加されることをお奨めしているのです。

入って、たくさんの人と友だちになりませんか。

年齢なんか、考えることはない。才能なんか気にすることはない。

そして来年の「樹座」は日本で上演するだけではなくロンドンでの海外公演も致しま

す。我々とロンドンでミュージカルをみて自分も芝居をおやりになりたい方は、御連絡ください。

私の人生膝栗毛

人間の暗間

土曜から日曜日を利用して信州の山に出かけた。今年の春は遅かったので、山桜が今ごろ満開だろうという話を聞いたからである。

海抜千メートルのその町ではたしかに山桜は満開で、桃もボケも咲き乱れていたが、前日から急に温度がさがったそうで、夜などは東京の三月上旬のように冷えこんだ。初夏の東京から来た私たちは酒をのみながら、ただカチカチと歯をならしていた。

翌日、やはり暖かい下界におりたくなって長野市に出た。ちょうど善光寺《ぜんこうじ》の御開帳の日曜日で、バスや自動車が次々と巡礼客をのせて山門に集まってくる。仕方なく長野の背後にある山のなかの戸隠《とがくし》神社をたずねることにした。つづら折の山道を車であえぐようにして登ること五十分、この幽邃《ゆうすい》な神社が霧の流れる杉の林のなかからあらわれる。だが、ここも観光バスやドライブの車が次々と押し寄せてくる。

むかし修験者たちの修行の地だったこの神社がハイウエーなどが出来たために観光の対象場所となり、土産物屋にかこまれているのを見ると、私は三分の一、自分もその恩恵に浴したことを悦びながら、三分の二、物足りなさを味わうのである。それは人間のきびしい修行の場所、奥ふかい神秘の深山と聖域とが文明のおかげで土足にふみにじられ、次々と我々の世界から失われていく寂しさに相通ずるのかもしれない。

京都に行く。そのたびに思うのだが、あの北山や北のほうの山々が京都は晴れているのに暗い時がある。それは昏《くら》い間、昏い谷間を私に思いうかばせる。昏い間とはつまり人間が容易に入れぬ魔の場所である。魔の場所には修験者か、僧侶か、あるいは追放された逃亡者しか行けない。あの京都の北の山々にはそんな場所があったのではないか——そのような思いがするのだ。

実は私は三年ほど前、そのような期待をこめて鞍馬山《くらまやま》に出かけた。私には鞍馬とは「暗間」「暗山」を連想させ、本来はそういう意味ではないかと考えていたからである。昼の鞍馬はなるほどハイキングの人や参詣人であふれている。しかし夕方から夜になると鞍馬は闇にぬりつぶされ、昔ながらの暗間に変る。私はその魔の場所のような鞍馬のほうが、昼の鞍馬よりはるかに好きだ。

鞍馬を私の考えのように「暗間」「暗山」と書いた文献はないようである。しかしこの地はその昔から大蛇がひそみ、怪物がかくれ、容易に修験者の侵入をゆるさなかったことがその歴史に出てくる。また義経の幼少時代の話でもわかるように、都から追われた罪人がひそむ地だったようだ。たしかにそれは暗間であり、暗山だったのだ。

人間の心もすべてあかるい場所、理解しうる世界である筈はない。人間の心のなかには他人には覗くことのできぬ暗間がある筈である。ひょっとしたら当人自身にもわからぬ部分もある筈である。だからこそ人間は面白いのであり、我々小説家は何百年にわたって人間を描きつづけ、これからも描きつづけられるのであろう。

人間の住む世界も同じだ。どんな場所でも行けるようになり観光の対象となり、ホテルや土産物屋ができるようになれば、我々はそのために何か重大なもの、人間が畏敬する場所を失ったような気がしてならない。それはたんに神社や寺社が通俗化したという些細《ささい》な問題だけではなく、もっと人間にとって重大なことのような気がしてならないのである。

それにしても鞍馬のことを暗間、暗山と書いた文献はないだろうか。もしそれを御存知のかたはお知らせ頂ければ有難いと思っている。

本物とニセ物

愚妻が四年ほど前から邦楽に夢中になりはじめた。長唄を習い、河東節《かとうぶし》を習い、三味線を習っている。よくまあ飽きぬものだと思うぐらい毎日、練習をしている。そしてその隣の部屋では豚児《とんじ》がヤケになってバケツを叩きまわるようなロックのレコードをかけている。

私は邦楽はもとよりロックとくると、これは全然わからない。それに私は小説家であるから、できることなら雑音、騒音から離れた静かな場所で仕事をしたい。しかし、他人の趣味とするところを強制的に禁ずることもできずに、日曜日の午後、愚妻の食用蛙の鳴くような長唄の声、豚児のかけるバケツ叩き的な騒音にじっと耐えて仕事をつづけている。そして心のなかで、ああ、よくあんなに夢中になれるものだと悪口を言い、溜息をつく。

しかし、家族サービスでじっと愚妻の三味線を聴くこともある。これはかなり忍耐のいる仕事である。第一に先にも書いたように、私には音楽について何も発言する能力がないからである。

だがわからないなりに老妻の三味線の音に耳かたむけていると、どうも音に緊張感のない部分がある。それは上手《うま》いとか下手とか（はじめから下手なことはわかっているのだ）とにかかわらず、ピンと張ったものがない。音に芯がない。

その部分を指摘すると、彼女はハッとした顔をする。どうしてわかるんですか、と言う。

「文章でもそうさ」

私はニヤニヤと笑う。私にはとてもむつかしいが、先輩などの名文には文章に芯がある。コクがある。私はそういう芯のある文章、ピンと張った何か（その何かを更に説明するのはむつかしいが）の感ぜられる文章を名文と思っている。

先日、ある画家と彫刻家と三人で酒を飲みながら贋作《がんさく》の話をした。小説には贋作というものはないが、絵や書には贋作がある。その時、私はこの尊敬する二人の芸術家に、

「贋作には直感的に感じられる一つのことがあります。本ものに比べて線なら線、色なら色に緊張感というか、迫力がありませんね」

と言うと、お二人ともふかく、うなずかれた。

私がそんな発言をしたのは、むかしあるデパートで贋作展というのがあり、ちょうどそのデパートで買い物をしていた私はふらりと入ってみたのである。

本ものと横におかれた贋作は私にはすぐわかった。なるほど一見したところ、実にうまく模写している。時には技術的に（？）贋作のほうがうまいと思う部分もある。にもかかわらず、芯がない。ピンと張ったものがない。つまり生命がこもっていないのだ。それが贋作を露呈していた。

別の日、ある料理の専門家と話をしていた。同じ刺身で同じ材料を使って、板前によって味がちがうのはどうしてでしょうか、と私はたずねた。

「あたり前ですよ。切れ味がちがいます」

とその料理の専門家は答えた。

「それが勝負です」

切れ味か、と私は思った。このようなことを重視するのは日本料理だけであろう。仏蘭西料理に切れ味は問題ではないだろうから。

餌づけザル

この正月四日、ぶらりと小さな鞄《かばん》をさげて伊豆の下田まで出かけた。四日という日を選んだのは、正月三カ日は下田のあたりは混雑するだろうが、四日からは幾分すくだろうと思ったからだ。そして下田に行く気になったのは、このペリー提督と唐人お吉で名高い町の向うに波勝《はがち》という村があって、そこで野生の猿を餌づけしていると聞いたからだ。

私は動物なら何でも好きである。犬でも猫でも小鳥でも見ていてあきない。自分の家にも二匹の犬と一匹の猫を飼っている。しかしそれらの動物のなかで何が一番、好きかというと実は猿なのである。

なぜ猿が好きなのか自分でもよくわからない。しかし動物園に出かけてとりわけ長い間その前にたち、口をポカンとあけて見ているのは象でもライオンでもパンダでもなくて、猿の群れなのである。半時間みても、一時間みても飽きない。

京都に間《はざま》先生という猿の大専門家がおられる。先生は建設の間組の御長男だったが、哲学科から心理学を学ばれ、更に動物心理学を研究されるため京都周辺の野生の猿の餌づけをはじめられた。現在、比叡山《ひえいざん》にすむ猿も先生の餌づけによって、人間に馴れ、八イウエーのあたりまで出没するようになったのだ。

私は先生をみると、これが本当の学者だという気がする。名声や世間の評価は先生の問題とされるところではない。毎朝、リュックサックを背負って比叡山にのぼられる。リュックのなかには蜜柑《みかん》や南京豆《ナンキンまめ》がつまっている。猿の餌である。

さむい冬でも先生の比叡山のぼりは絶えたことがない。私も先生のお供をしたことが二、三度あるが、深い雪の頂で長靴をはいた先生がターザンのように叫ばれると、谷のあちこちから無数の猿が忽然《こつぜん》として出現するのにはびっくりした。

間先生のおかげで私の猿についての知識はやや深くなった。下田の先の波勝に来ても、その猿の群れのなかでどれがボスか、一眼ですぐわかった。ボスは群れのなかで尾を旗のように立て傲然としているからである。

猿のボスは喧嘩が強いだけではなれない。愉快な話だが、主婦連の人気がなくてはならず、頭も良くなければならないのである。その代り、彼は餌を食べる先優権、雌猿をわがものにする先優権を認められる。彼の周りには彼の多数の妻子が円をかいて集まり、それを彼はギョロリと眼をむいて眺めている。いかにも家長という恰好である。

間先生に伺うと、人間の餌づけがあっち、こっちで行われるようになってから、猿の集団生活にも変化が起きたそうである。自分たちで苦労して餌をみつける必要がなくなったせいか、闘争心が薄くなり、昔は群れに危険を知らせるために木の上で四方を偵察していた偵察隊がなくなり、事ある時は戦わねばならぬ若衆猿が群れを離れて別の場所で遊びほうけるようになった。まさに現代の人間の若者とそっくりである。人間と接触するために虫歯、結核、風邪《かぜ》などの病気にかかる猿も多くなったそうだ。

波勝で寒い海風にふかれ、餌をねだりにくる猿を見ていると、どうも間先生のおっしゃる通りである。

どの猿も怠け者の面をして、しかも餌をもらえぬと膨れ面をする。なかには歯をむき出して怒る奴もいる。これは自分たちがこんなになったのは政治や社会のせいだと己の罪をすべて外部になすりつける人間とそっくりである。

群れから離れて一匹、ポツンとこっちを見ている猿もいる。これは村八分にされている猿で彼が皆のいる場所に来ると、集団リンチを受ける。私は彼があわれで蜜柑を幾つか、くれてやった。もっとも猿には集団生活にイヤ気がさし、フイと群れを離れて一匹で暮すものもいるそうだ。

とに角、猿を見て飽きることがない。猿の群れを眺めていると人間百態を思わせ現代の世相をあまりにも感じさせる。

私は正月四日の午後を四時間、波勝で猿の群れと過して楽しかった。

先祖は地侍

自分の祖先が何の誰兵衛で、何をしていたのかということはとんと昔から関心がなかった。遠藤という姓は藤原氏の遠縁から出た遠藤、これにたいし近藤は藤原氏の直系に近い先祖を持っているから近藤ということを聞いたが、あまり信用もしなかった。

一年ほど前に母かたの親類が集まった時、馬鹿にしたように聞いた。

「うちの先祖は何をやっておったのですか」

すると伯父になる老人がうちの先祖は加藤清正と岡山県でのある合戦で一騎打ちをして討ち死した男だと憤然と答えた。そして近いうちに系図の写しを送ると言った。

半月後、系図の写しが送られてきたのでそれを見ると母かたの先祖には桓武《かんむ》天皇（これは嘘にきまっている）平貞盛《たいらのさだもり》（嘘にきまっている）北条時宗《ほうじようときむね》（嘘にきまっている）などの名が書かれていたが、どうやら確かなのは永禄四年頃、備中国《びっちゆうのくに》・川上郡の、上《かみ》黒忠《くろただ》に小さな土地を持った竹井一族という地侍であったらしい。そして備中の戦乱にあっちにつき、こっちにつき、やがて毛利に亡《ほろ》ぼされたことだけはわかった。

この系図をみているとまた好奇心の虫が起った。先祖が代々、住んでいたその山奥に出かけてみたくなったのである。先祖が朝夕、眺めていた風景を見たくなったのである。

備中国・川上郡というのは今の岡山県の西のあたりの山である。そして先祖のいた上黒忠とは現在の岡山県美星町《びせいちょう》の一部らしい。私は美星町の教育委員会に手紙を書き、近く伺うからよろしくと書いた。

秋、岡山市に行って、まっかりという魚を味わったあと、市の近くに住む親類の娘に車を運転してもらって先祖のいた土地に出かけた。矢掛町《やかげちょう》から山をこえ、高原のような場所に出たが、そこが美星町だった。

なるほど、ここは私の先祖の住んでいたところだ。というのは、亡母の旧姓と同じ姓を持った店が町役場の近くに幾つかあったからである。曰《いわ》く、竹井酒店、曰く、竹井理髪店。

町役場の人の御厚意で私とは血のつながっている竹井姓の方が何人か来てくださった。その人たちに連れられて地侍の先祖が拠点としていた小笹丸城《おざさまるじょう》という城跡を見にいった。

両側が山にかこまれた谷の一角に黒い樹木に覆われた陰気な丘があって、それが小笹丸城だった。城というよりは戦国時代の砦《とりで》といったほうがいいくらいの貧弱なものだが、周りが開けていないせいか、当時の面影がまだ残っている。町役場の人が言った。

「八つ墓村という映画がありましたろう。あのロケはここでやりました」

八つ墓村とは戦国時代の先祖の祟《たた》りにまつわる話らしいが、そんな話もなるほどと思うぐらい暗く陰鬱である。しかしこんな砦では毛利の軍勢の前には鎧袖一触《がいしゅういっしょく》であったろう。しかし俺の先祖たちはこんな貧弱な城で一体、毎日、何をやっていたのだろう。

そのうち雨がふりだした。雨に竹井常陸守《ひたちのかみ》と彫った小さな墓がぬれていた。そのそばに渋柿の木があった。

毎日、びくびくしながら生きただろうなあと考えた。世は戦国時代。あっちにつけば、こっちが怒り、こっちにつけば、あっちに攻められる。ソビエトと中国にはさまれた日本より、もっとひどい。せいぜい動員できる家来（といっても農業兼用だろう）は三十人か、多くて五十人ぐらいか。典型的な地侍である。その上、いつ戦争にかり出されるかわからない。言うことをきかねばこの城も土地もとりあげられる。

墓に手をあわせ、御先祖さまに「大変だったでしょうなあ」と語りかけた。もしこの時代、私がここに生れていたならば、毎日、面白くなかっただろう。

「いつか、あなたのことを今少し調べて小説にするかもしれませんよ」

とも囁いた。小笹丸城の先祖たちも自分の子孫に三文文士が生れるとは考えもしなかっただろう。

小さな憂うつ

小さな苦言

私の仕事場は東京の原宿にある。そしてその私は五月になると、いつも憂鬱で不快な思いをせねばならない。

それはメーデーの日である。メーデーが不快などと言うのではない。労働者の祭典を皆が祝うのは諸手《もろて》をあげて賛成だ。

しかし、メーデーの祭典が終って行列の行進がすんだ夕方に、原宿の公園とそれにそった路を歩いてみたまえ。

それはもう公園などというものではない。路というものではない。一大ゴミため場と変っているのだ。

プラカード、紙屑《かみくず》、清涼飲料水の空缶、新聞紙、ボール紙、それらが芝生をうずめ、地面に散乱し、まるですべてが荒廃したゴースト・タウンのようになっているのである。

そしてその翌日もそれらは放置され、やがて清掃車が来て片付けをはじめるまで誰も手をつけない。手のつけられぬ状態なのだ。

私はこのメーデーの日にここに集まった人のプラカードの言葉を思いだす。

「住みよい日本を作ろう」

「日本を美しくしよう」

しかし、そのプラカードの美辞をそれを手に持った人々が裏切っているのである。なぜ、リーダーたちが紙屑を整理しようと言わないのだろうか。何故、子供を連れた参加の親たちが空缶を始末しようと子供たちに教えないのだろうか。メーデーであり、祭典ならば市民（参加者も市民である）共通の公園や道路を目茶苦茶によごしていいという権利はない筈だ。そしてもしそのような考えの人がいるならば、その人がどんなスローガンや要求を書いたプラカードを持ったとしても、その言葉は死語になるのである。

私はだから五月になると憂鬱だ。自分たち日本人がまだ市民道徳という一つについても大人になっていないことを、この悲惨な光景で思い知らされるからである。

三年か四年ほど前に韓国の釜山《プサン》附近の田舎と慶州《キョンジュ》に行ったことがある。私がその時、感動したのは、その田舎路にコカコーラの瓶ひとつ落ちていなかったことである。通訳氏はこう言った。

「これは国民運動のひとつです」

慶州のある寺をたずねた時、寺までのぼる山道は掃き清められ、曲り角に大きな壺《つぼ》をおいて、吸いがらを捨てるようになっていた。

私の前に韓国の高校生たちの一団が笑いさわぎながら歩いていた。どうやら修学旅行の一団らしかった。

その時、前方からあきらかに日本人の旅行者らしい数人がやってきた。そのうち二人が煙草をすっている。私は心のなかで、

（吸いがらを壺に捨ててくれ。吸いがらを壺に捨ててくれ）

と念じていた。

だが、その一人は壺に気づかなかったのか、日本での習慣からか、清掃した路に紫煙のたちのぼる煙草をぽいと捨てた。

（しまった）

そう私が思った時である。私の前を歩いていた韓国の高校生の一人が、その吸いがらを拾い、壺のなかに放りこんだ。そして、あたかも何もなかったごとく、さっきと同じように友人と笑いさわぎながら歩いていった。

この時の日本人としての私の気持は書く必要がないだろう。

こういうことを今日また記述すると、あるいは読者は不快になられるだろう。日本人が日本人の悪口をいう文章は読むほうも書くほうも不愉快だからである。だが、それを承知で私があえて書くのは、毎年、あのゴミ溜《た》めのような光景が決して改まらないからだ。気づいていないのか、気づいても当然だと思うのか、私にはわからない。

どうか各地のメーデーでもこういうことのないように。そして来年のメーデーにはそれが終ったあとも、ゴミひとつないように。

無駄使い

戦中派の世代のせいか、私は物を無駄にするのが、やはり嫌なほうである。誰かが御飯を残しているのを見ると、米一粒も眼の色を変えてほしがった戦争中のことを思いだし、こんなことをしていいのかと他人事ながら思うのである。原稿を書く時、鉛筆を使うのは万年筆やボールペンなら書きなおしはきかないが、鉛筆なら訂正すべき部分をゴム消しで消して書きなおせるというケチな気持からである。そしてその鉛筆も短くなると、キャップをはめて使う。家人に笑われるが、なにか惜しくて仕方がないのだ。

毎日、どっさりと配達される郵便物を見ると日本人て、何と紙を無駄使いするのだろうと溜息がでる。豪奢《ごうしゃ》な紙を使った会社のパンフレットや別荘、車などの案内がそのなかに入っているからだ。

外国に行った人はたとえばデパートで買い物をしても日本のそれのように立派な包装紙で包み、しかも手さげの紙袋までくれるようなことはほとんどないのを知っているだろう。外国の本屋で本を買った人は日本のそれのように文庫本にまで紙カバーをつけてくれることはまったくないのを知っているだろう。

日本人ほど紙を無駄にする国民は世界にあまりないと思う。それはトイレット・ペーパーひとつ見てもわかるのである。

共産国のホテルのトイレット・ペーパーを見たまえ。それは痔《じ》もちの男なら、とても使えないと悲鳴をあげるような紙が一流ホテルで用いられている。

鼻紙だってそうだ。向うの連中はハンカチで鼻をかむ。紙を無駄にしないためだ。しかし、ケッペキな日本人はハンカチで鼻をかむのはきたないという考えがあるのか、うすい柔らかなチリ紙をふところに入れる。

日本人で最初に仏蘭西に行ったのは徳川秀忠の頃、伊達政宗の命を受けてノベスパニヤ（今のメキシコ）からローマまで赴いた遣欧使節の支倉常長《はせくらつねなが》だが、彼が仏蘭西のサン・トロペに寄った時の記録が今でも向うに残っている。

それによると、常長とその一行の日本人はうすい紙ハンカチ（チリ紙）で鼻をかみ、それを路に捨てて歩いた。サン・トロペの住人たちはこれを珍しがって拾ったとある。

常長の頃から日本人は紙を使い、紙を棄《す》てることを少しも無駄とは思わなかったようだ。さほどに日本は紙の王国なのだろうか。ずっと昔、石油ショックで一時、紙がなくなるという噂《うわさ》がひろがり、主婦たちがあわててトイレット・ペーパーを買い集めたことがあった。出版社も印刷の紙がなくなるとパニック状態になり、外国に注文したこともあった。しかし、咽喉《のど》もと過ぎればあの時の思い出もあつさを忘れるの諺《ことわざ》通り、今は誰もかもが忘却して、相変らず紙の無駄使いである。

私はデパートに買い物にいっても手さげ袋はいらないと言う。本屋で本を買ってもブック・カバーはしないでくれという。ブック・カバーなどは表紙の文字をかくすし、何の本かわからなくするし、あっても迷惑なものなのだ。

戦中派の私も現在の日本の贅沢《ぜいたく》に馴れてしまったが、時折、胸に何もなかったあの時代のことが蘇《よみがえ》り、こんなに無駄に物を使っていいのかとハッと不安に駆られることがある。

最近、政府はエネルギー節約の一対策として夏のノーネクタイや冷房の制限、テレビ時間の短縮化を考えているそうだが、私がいつも思うのは道路を絶えず工事するあの無駄使いである。ガス工事が終って整備した道路を電電公社がまた掘り起す。その工事がすむと今度は水道工事だ。あれは失業対策だと言うけれども、ああ税金を無駄使いしていると思うのは私だけではあるまい。

お洒落

地方に旅をしていて、午後四時頃、ポプラや桜の樹にふちどられた中学や高校からセーラー服を着た女子高校生が自転車にのって帰校していく姿を見ると、私は何故か泪ぐみたいほど、いいなと思う。

その気持には私がもうずっと昔に失ってしまった人生の若さがその女子高校生にあって、それに郷愁のようなものを感じるせいかもしれない。

反対に五、六月頃にあつくるしい詰襟学生服を着させられて帰校していく男子中学生や高校生をみると、もう戦争が終って三十年以上たっているのに、なぜこんな地味な制服を男の子に着させるのか、もっと軽快な服装をさせてもいいではないかと思うのである。外国に行くたび、中学や高等中学の生徒が存分にカラフルな恰好をしているのを見ているだけに、日本の少年たちがどうしてあの黒っぽい詰襟をまだ着ねばならないのか、私にはよくわからない。日本の有名なデザイナーたちもスチュアーデスの制服ばかり作らずに、中学生、高校生、警官、自衛隊員の制服をもっと洒落《しやれ》たものにしてもよいのではないか。

私はずっと昔、自衛隊の若い隊員と話をしたことがあったが、彼らは外出日にはその制服を着て町には出ないのだと言った。

「というのは、郵便配達の人に間違えられるからです」

くすんだ色の制服を着させられている中学生や高校生を見るたびに、私は自分の少年時代を思いだす。

戦中派の私たちが中学生の頃は、カーキ色の服にゲートルをいつも巻かされていた。しかし冬はとも角、夏はゲートルをまいた足は汗がにじみ、詰襟は息がくるしかった。

そのような服をぬぎ捨ててカラフルなものを着れば、非国民、不良、軟派と言われるのだった。

戦中派である私はこの年齢になってもお洒落をあまり知らない。服装を色々にカラフルにして楽しむ悦びもあまり知らない。同年輩の外人の友人たちが、さまざまなお洒落をたのしんでいるのに、同じような恰好をするのがためらわれるのは戦争中に植えつけられたお洒落＝軟派という心理が心のどこかに働いているからかもしれない。だから息子などがカラフルな姿をしているのを見ると、一方では羨ましいような、他方では、何だ軽薄なという気持を同時に感じてしまう。カラフルな服装をするのが軽薄、重厚とは一向に関係ないことは頭では承知しているのだが。

自由業者の私でさえそうなのだから、同世代の人たちで官庁や会社に勤めている人たちはなおのことである。時たまはこの人、洒落者だなと思う相手に会うこともあるが、その洒落とは「金をかけた」という意味である。しかし、本当の洒落とは頭から足までゼイタクな服地の洋服、高級ネクタイをつけることではあるまい。金がなくても洒落ることはできる筈だ。

我々は戦争中、服装について趣味を持つことを禁じられたから、色のとりあわせについても自信がない。したがって、どうしても無難な服に無難なネクタイやシャツをつけるようになる。

時たま大胆なネクタイやワイシャツを身につけた同世代の連中をみるが、色の調和のメチャメチャなことは驚くべきものがある。たとえば四十代、五十代の国会議員の服装をみて、うん、洒落ているという人がいるだろうか。金をかけた洋服を着ているだけで、これはシックだという議員さんはほとんどいないのではないだろうか。あなたの会社の重役はどうだろうか。

でも、我々と同じ世代にもこんな人がいる。その人はいつも同じ色と形の服で姿をみせる。洋服が一着しかないのではない。彼はいつも同じ形と同じ色の服しか作らないのだそうだ。この人を洒落者というべきか、否か、私にはわからないのだが……。

しばれる

阪神で少年時代を送ったためか、東京住いが長いにもかかわらず、自分の故郷は関西だという気持がぬけ切れない。

自分が関西育ちだということを意識するのは、たとえば平生は東京弁で話をしているのに、酔っぱらうと途端に怪しげな阪神弁が口から出はじめる時である。「何言うとんねん」とか「よう言わんワ」などという言葉が水泡のように唇をついて出る。そして、月に一度ほど神戸に行き、幼なじみと出会うと、たちまちにして忘れていた阪神弁で話している自分に気づくのだ。

第二に私はどうしても東京育ちの女性には心の底から馴染《なじ》めない。阪神の女性だけが話していても気楽だし、気を休ませてくれるような気がする。阪神の女は東京の女のように小むつかしいこと、屁理窟《へりくつ》は「ああ、しんきくさ」と言って嫌い、ユーモアを好む。人間の心の裏面に通じ、現実的な知恵があるのだ。そのような女性を周りにたくさん持って育った私は今でも東京の女にはうちとけられない。

東京というのは生活する場所で、生きる場所ではない。私は阪神で山や海をみながら少年時代を送ったせいか、あの山の遠い、そして黒土だらけの東京が今でも寂寥《せきりょう》と感じられてならないのである。やむをえず山の見える東京の郊外に引っ越したが、それでも光の反射の弱い関東平野は性に合わない。ここは私の終《つい》の住処《すみか》ではないと言いつづけてきているのである。

だから神戸や京都には折を見て出かける。神戸でも京都でも定宿と飲み友だちが待っていてくれて、私は着くとすぐ定宿から飲み友だちに電話をする。

彼らにたずねると「東京は疲れてかなわん」と言う。所用あって上京し、用事をすませて神戸なり京都なりに戻るとホームについただけでホッとすると言う。その気持、わかる気がする。

そんな私だが時々、その京都で失敗することもある。

去年は喪中で行かなかったが、毎年、正月を京都で家族と送ることにしていた。同じホテルに司馬遼太郎《しばりようたろう》氏も毎年の大晦日《おおみそか》に夫人と一緒に来られるので、バーで氏から訪れるべき京都郊外の小さな寺の名や場所をきき、そこをたずねるのを楽しみにしているのである。そんなある年の正月、その司馬氏に教えられて芹生《せりよう》の里の寺をたずねることにした。鞍馬山を越えてみようと考え、フロントにチェーンなしで行けるかと訊ねると、行けると言う。

妻が運転して鞍馬街道に入った。鞍馬の方角は京から見ても何か暗い。一度、出かけたことがあったが、真暗な闇でさぞかし昔は魔がひそんでいると思われただろう。私は自分流に鞍馬の語源は暗山をちぢめたか暗魔だと勝手に考えたくらいだ。

正月客の集まる鞍馬寺をこえると人影がない。そのうち雪がふかくなってきた。向うから来る車もない。妻は運転しながら大丈夫でしょうかと不安な顔をしはじめた。車にチェーンを用意しなかったからである。

峠の頂までやって来た時、一台の車があらわれた。チェーンをまいたその車の運転手に、

「これからは道はどうなっていますか」

とたずねると、

「しばれとるワ」

と答えて過ぎ去ってしまった。

しばれるという意味がわからない。妻に訊ねられ、私は出鱈目《でたらめ》に乾いていることだろうと答えてしまった。

さあ、それからが大変だった。右が深い雪の谷になった一本路は凍った雪に埋り、車は引きかえすこともできず、妻は真蒼《まっさお》になり、半泣きになり必死で運転した。幾度、スリップして谷に落ちかかったかわからない。

やっと山道をおりた時、彼女は火のようになって怒った。しばれるという言葉は凍っているという意味らしいが、あれはどこの地方の言葉かしらん。そして、その言葉をなぜ、あんな時、京都で聞いたのだろうか。

甘い夢

雅号は「狐狸庵」

狐狸庵という私の雅号（？）はどうして生れたのかとよく訊ねられることがある。雅号ならばもっと高尚にして上品なものを選ぶべきなのに狐《きつね》とか狸《たぬき》とか「人をばかす」ような、いかがわしい字を重ねたのが腑《ふ》に落ちないらしい。

この雅号をつけたのは特別な理由があるのではない。ずっと昔、ある雑誌で連載随筆をたのまれた折、題名に苦労した。あれこれ思案してもいい題名が思いつかぬ。それで「こりゃ、あかんわ」という関西弁を戯れに漢字で書いてみた。その結果、「狐狸庵閑話」という題が生れ、狐狸庵という名が私の雅号になったのである。

この雅号をつけたため、私は時々「韓国の御出身ですか」と言われることがある。私の秘書もはじめて我が家に来た時、しばらくはひそかにそう思っていたのだそうだ。

私は今ではこの雅号、なかなか悪くないと考えている。狐はともかく狸という動物はなかなか愛嬌《あいきょう》があり、徳島では最近「狸まつり」を計画するぐらい、日本人には愛されている動物だ。いつか、その四国の猫好きの家族のいる農家で猫のまねをして台所にかくれ、タダ飯を毎日たべていた狸がつかまったという記事が新聞に出ていたが、そんな狸に私は友情を感じる。

雅号をつけてから二年ほどたって、

「焼肉屋を経営されたのですか」

と知人から妙なことを言われた。ふしぎに思って聞きかえすと、東京の某所に狐狸庵という焼肉屋があるのを見たという。朝鮮焼肉屋なのでコリアンという名をつけ、それを狐狸庵にしたのだとすぐわかった。

この頃から地方の人から自分の店を狐狸庵と名づけたいが、という手紙をもらうようになった。勿論、私は大悦びでそれを許可した。しかし、元祖狐狸庵はやっぱりこの私でなければならない。

東京には焼肉屋のほかに狐狸庵という蕎麦屋《そばや》があった。そのすぐ近くにペン・クラブの事務所があり、ペン・クラブに用で行くたび横眼でその店をジロリと睨んだ。友人から「お前の店か」などとからかわれて閉口したからである。

鹿児島にも狐狸庵という小料理屋があって、この街に講演に行ったあと、関係者につれられて飲みに出かけた。元祖が来たというわけで店の御主人も客も大いに歓迎してくれ、はなはだ楽しかった。

仙台にも狐狸庵というスナックがあった。私の本を愛読してくださる女性がやっておられると聞いて、行きつけの仙台「炉ばた」の御主人に路を教えてもらい、若い友人と出かけたことがある。

自分の雅号をつけた店ははやってほしいものだが、行った時、客はみえなかった。何だか私の責任のような気がして友人と小さくなって飲んでいると、間もなく経営者の女性があらわれ、私をみて、アラ、と言った。彼女はその前、一度、同じ名で別の場所に店を出したのだが、ここに移ったという。そして近くこのスナックを改造して小料理屋にしたいと言った。

私は彼女のために、

(こ)の店は
(り)くつぬきでうまい店
(あ)んしんして飲め、飲め
(ん)だ。んだ

と色紙に下手糞な字を書きつけた。んだ、んだとは東北弁でそうだ、そうだの意である。

その後、仙台の友人にそれとなく訊ねてみると彼女の店は順調に客が来ているようである。私はひとごとながら、ほっとした。

狐狸庵という飲み屋の名はなかなか、良いものである。これを機会に全国各地に狐狸庵の古里庵という店ができるとよい。目標三百五十六軒！

童謡を歌うおじさん

唄が歌えたら、どんないいだろうと思う。私の母は上野の音楽学校を卒えた女性だったが、その息子の私は生来の音痴で楽譜も読めないし、楽器もいじれない。音楽と接触するのはせいぜいレコードや音楽会を通してである。

たまに歌ってみる。風呂に入りながら声をはりあげる。すると自分がかなりうまいような気がする。しかし家人にたずねると、まったく調子はずれで耳の穴に指を入れたくなるそうだ。

もうずっと昔、友人たちの前で歌ったことがあった。すると皆が歯をくいしばり、腹を押えて笑いをかみ殺している。

友人の作家、三浦朱門がそのあとで言った。

「これは金儲《かねもう》けになる。こんなひどい唄はきいたことがない。遠藤、一緒に行こう」

どこに行くのかと思ったら彼は私をバーに連れていった。そしてホステスたちに、

「今から遠藤が唄を歌う。君たちがもし吹き出さないで聴き終えたら、全員の一人一人にぼくが五百円だそう。しかし、それができなかったら、一人、一人が五百円くれたまえ」

私は歌いはじめた。ホステスたちは驚愕《きようがく》し、顔をふるわせ、笑いを必死で抑え、遂に次々と吹きだした。彼女たちは約束にしたがって五百円ずつ出した。三浦はその金をかき集め、

「次の店でまた、かせごう」

と言った。

私はこの時から自分の声にまったく自信を失った。なるほどテレビやラジオに出演してそこに吹きこまれたわが声をきくと、何とも言えぬ悪声である。食用蛙が池で鳴いているようだ。

以来、できるだけ人前では歌わぬことにしていたが、最近のカラオケ・ブームとやらで、

「つぎは遠藤さん。歌ってください」

と促される寄り合いに出席すると、どうにも逃げることはできない。私の尊敬する先輩の山本健吉《やまもとけんきち》氏までが東海林太郎《しようじたろう》さんのように直立不動でマイクを握られる昨今なのだから。

困《こう》じ果てて友人に相談した。友人といってもある奥さんで、市川《いちかわ》のお助け爺《じい》さんのように何でも相談にのってくれる。

「困りましたわねえ」

と首をかたむけて、

「それじゃ流行歌や艶歌《えんか》ではなく童謡を歌ったら」

と知恵を提供してくれた。

彼女の意見によると流行歌やはやりの艶歌は素人でも随分、歌う人がいるからすぐ下手なのがわかる。それに歌い方が非常にむつかしい。その点、童謡は子供が歌えるよう単純な節まわしだし、ほとんどの人が知っていて、しかも酒席では歌わない。だから意表をついて童謡を歌いなさいと言うのだ。

なるほどと思ってレコード屋から童謡のレコードを買ってきた。むかし憶えたなつかしい歌がならんでいる。

まず「赤い靴」を練習した。なるほど短くって、むつかしくなくて、いい。ためしに家人の前で歌ってみせると、「まだ聴ける」という御託宣である。

これに力をえて次々とおぼえた。人前でこれを歌うと、みな、びっくりして、しかも合唱してくれる、合唱してくれるから、こちらもボロが出ずにすむ。

この頃、私は人前で「迷い子の迷い子の子猫ちゃん」を歌う。

「みなさんも御存知でしょう。御一緒にどうぞ」

とマイクを人につきつけるわけだ。

大の男がすると孫に習ったのか「犬のおまわりさん」と助けてくれる。

いい年齢をした男たちが「迷い子の迷い子の子猫ちゃん」を合唱している光景なかかな

かいいものです。

娘と私

娘がほしかった、という随筆を二年ほど前にある婦人雑誌に書いたことがあった。私には息子しかいない。息子には悪いけれども、彼を見るたび、もう一人、娘がいたらな、と思う時がしばしばある。

年頃になると息子はほとんど親に口もきいてくれない。私は自分では雷親爺《かみなりおやじ》ではないと思っているけれども、若者になった息子にはやはり父親という者は燻《けむ》ったいらしい。しかも頭が古く、話があわないらしい。

なるほど、そうだろう。彼がある日、オリビア・ニュートン・ジョンという名を知っているかと聞いた。ニュートンなら地球の引力を発見した人物だろうと答えると、軽蔑の眼をむけられた。オリビア・ニュートン・ジョンとは今、若い連中に人気のある歌手のことだそうである。

息子ならそういう時、軽蔑の眼差しを向けるが、娘ならそんなことはしないだろうと思う。話の通じぬ親爺を相手にするより、友人と遊ぶほうが楽しいのが息子である。だが娘ならば面白くない親でも我慢してつきあってくれるだろう。

息子がいると家のなかが臭くなる。彼の部屋に入ると、その部屋のなかはレコード、雑誌、ジャンパー、その他もろもろの物がごみ溜めのように放りなげられてあって、鼻をつまままねばいられぬほどの悪臭がこもっている。もっとも若い時の私の部屋も同じようなものだったから文句はいえない。

しかし娘がいたならば彼女の部屋は清潔だろう。お人形など飾ってあって、花模様のベッドカバーがかけられていて、悪臭などこもる筈はない。

そういう思いの私には最近の雑誌や週刊誌に掲載されている、さまざまな方が令嬢とうつしておられる写真を見るたび言いようのない羨ましさを感じる。自分もこういう娘がいたらなあと思う。

娘がいたら私は大甘の父親になっていただろう。カンザシを買ってくれと言われればホイホイとカンザシを買ったろう。帯留を買ってくれと言われたら、走って帯留を買いに行ったろう。しかし養女でももらわぬ限り、現実にはそれは不可能な夢で、今はただ息子の嫁を可愛がるしか方法はないのだ。

それを友人に話すと、

「馬鹿だな。お前はその気でも息子の嫁は嫌がるにきまっている」

息子にその話をすると、

「ぼくは結婚したら当然、別居するぜ」

くやしいから娘がいて損な場合を考えた。まずお嫁に彼女が行く時、これは実に辛いにちがいない。亡兄には三人の娘がいたが、長女や次女が結婚するたび、彼の悲しみは言いようがなかったからである。揚句の果て、酒で誤魔化し、そのために体をこわしてしまった。

だがそれ以上に困ることは、万一、自分の娘が妻子ある男と恋愛した場合であろう。女というものはそんな時、親がいくら叱っても言うことをきく筈はない。彼女も苦しみ、その苦しんでいる娘を見る父親はどんなに辛いかわからない。だが恋のとりこになった娘はそんな時、父親などもう眼中にはない。辛がっている父親も自分の恋を邪魔する敵とみえるにちがいない。

そう考えると、その時は幾分、ホッとした。やはり娘がいなくてよかったと少し、、、だけ思った。しかしそれはやっぱり少しだけで、やはり心底、娘がほしいなと思う気持は変りがない。

「馬鹿だな」

と娘を持っている友人は私の話を聞いて笑った。

「娘なんて、そんなに父親の相手などしてくれないよ。買ってもらいたいものがある時だけは寄ってくるが、それ以外は知らぬ顔さ。リア王を読めよ。リア王を」

本当かしらん。娘をお持ちの父親たちの御意見をききたいものである。

人生の楽しみ

朝風呂

浴室の前に四本、かなり大きな桜の樹がある。この三、四日前から少しずつ花が咲きはじめ、今日は八分咲きほどになった。

昨夜、春一番というのか、烈しい嵐が吹いてまだ残っていた白木蓮《はくもくれん》の葩《はな》を一面に庭に散らした。少し褐色になったその葩を踏んで庭を歩くのが何とも痛々しい。しかし、嵐の翌日は雲ひとつない晴天で、大山《おおやま》、足柄《あしがら》の連山が今日ははっきりと見える。

朝風呂をたてて入浴した。窓をあけると前は一面に桜の花である。

自分ながら、これはぜいたくだと思った。そして花を見ながら髭《ひげ》をそり、湯につかった。

考えてみると、こんなのんびりとした気分は何年ぶりかの感じがする。誰でもそうなのだろうが、毎日毎日が時間きざみの忙しさで、実際に仕事をしていない連中でも仕事に追いかけられているせわしさが心につきまとう。心の余裕がないのだ。

それが今日、こんなのんびりした気持になったのは明日、ロンドンに向けて出発するため、おおかたの仕事を一応、片づけ終ったからである。

（ああ、俺は損をしたなあ）

とふと思った。何を損をしたのか、はっきり言えないけど、要するに、こういう風にのんびりと湯につかり、のんびりと桜の花を眺めるような時間を長い間、持たなかった損を長いことつづけていたのだ。

少年の頃、大連《だいれん》に住んでいた。アカシヤの花が五月に咲く。公苑《こうえん》に遊びに行くと、そのアカシヤの枝に鳥籠をぶらさげ、花の下でのどかに茶をすすっている中国人の老人たちを見た。子供心にものどかだなと思った。

同じ風景を、ソビエトのウズベクに行った時、見た。青々と茂った大木の下でウズベク人の年寄りが二人、縁台に腰をかけ、茶をすすり、煙草をくゆらしながら遠い空を見ていた。青空の下に狐色の山脈が拡《ひろ》がっていた。この時ものどかだなあと思った。

日本人は働きすぎだとよく言われる。南方の人々は昼食もゆっくり時間をかけ、飯をたのしみ、話をたのしんでから少し昼寝をして、また会社に出かける。我々のほうは蕎麦を掻《か》っ込んで、大急ぎで仕事に戻る。

だから東南アジアなどに技術指導にでかけた人が向うの人は働かぬと腹をたて、向うの人は使いすぎると腹をたてるという誤解が相互によく生じるらしい。

あまり、働くなと日本人はよく言われる。もう少し、生活を楽しんだらとも奨められる。

しかし、人間の性格がいくら注意されても直らないように、国民性というものは一寸やそっとの戒めで改まる筈はない。

我々日本人はこれからもセカセカ蟻《あり》のように働きつづけるにちがいない。大木の下でゆっくり茶をのみ、のんびり山を見ていれば、心のなかで怠けているような痛みを感じ、あわてて茶碗《ちゃわん》をおいて仕事場に駆けつけるだろう。

だから仕方がないのだ。のんびりと楽しむ術《すべ》を我々は知らないのだ。その代り、遊ぶとなるとドンチャン騒ぎをすぐするのが日本人である。温泉場に行くとこれはよくわかる。静かにしているのは老人か病人で、他の人はホテルの上から下まで歩きまわり、買い漁《あさ》り、マージャンのパイをジャラジャラならすか、酔っぱらって放歌高吟している。あれはのんびりの遊びではない。日本人的な発散の仕方だ。

浴室からみえる桜の花のなかに小鳥が実に忙しげに花をついばんでいる。日本人みたいだ。

明日、ロンドンに行く。

そして私も忙しく歩きまわるだろう。

どっちが得か

「人間は死ぬものじゃない。自殺するんです」

と私がいつも身体《からだ》を診てもらっているK医学博士が言った。なるほど、と思った。なるほど我々は自分の身体を痛めるようなことを毎日やっている。喫煙。深酒。徹夜マージャン。過食。塩分の取りすぎ。

そういうために折角、百歳も生きる肉体に癌をつくり、高血圧を促進させ、胃腸を悪くしているわけだ。人間はそういうことをやることによって自分の寿命を縮めているのである。

なるほどと私はK博士の名言に感心した。俺も随分、自殺行為をやっているなあ。まず仕事をしながらたえず、ふかしている煙草、マージャンはやらないが、その代りに毎晩、酒をのむ。その酒を飲む時、さかなに塩からいものを好んで食べる。

K博士は私を戒めるためにあの名文句を教えてくださったのだが、まてよ、これら自殺的行為を私がやめられないのは、それがやはり人生の楽しみになっているからだ。

煙草。チボーデという仏蘭西の文学者がこのようなことを言っていた。古代ギリシアが知らず、我々の知っている二つの楽しみがある、それは読書と煙草とであると。

古代ギリシア人は本を持たなかった。だから読書の快楽を知らなかった。読書しながら煙草をくゆらせるあの醍醐味《だいごみ》を味わえなかったのである。

私にとっても本を読みながら紫煙をくゆらすのは人生の楽しみの一つだ。食事のあと一服つけるのもまた楽しみである。とても、とてもやめることはできない。

私にとって仕事のあと、うまいサカナで浅酌《せんしゃく》することは毎日の楽しみである。酔い心地のなかで、あれこれ夢想することも楽しみである。夏の暑い日、キューッとビールを飲むのも楽しみである。

酒を飲む以上、サカナも大事なのだ。お医者さまのなかには肝臓を保護するため、サカナはチーズにせよとおっしゃる方がある。しかしチーズやバターをなめながら諸君、酒が毎日、飲めますか。たとえ身体に悪くても多少、塩辛いものがほしいではないか。これもとても、とても、やめることはできない。

過食はよくない。砂糖のとりすぎはいけぬと言われるが、おいしい苺《いちご》をそのまま食べることは私にはやっぱりできない。ブラック・コーヒーばかり飲む気にもなれない。ケーキだって食べたいのだ。

そう考えてみると、長生きをするためには、すべて人生の楽しみを放棄するということになる。

煙草をくゆらせない人生。酒をやめてしまう人生。甘いものを全く断った人生。チーズや牛乳ばかり食べたり飲んでいる人生。そんな人生を考えると、私はやっぱり寂しいのである。

するとこれは人生観の問題ということになる。長生きをするために人生の楽しみをことごとく捨てた健康だけのための生活か、それとも人間いつかは死ぬんだから、多少、短命でも好きなものを食べ、好きなことをする生活。

そのどちらを選ぶか。人生観の問題ということになる。私はどうか。私は好きなものを飲食し、酒、煙草をやり続け、しかも長生きをしたい。しかし二者を共存させることはK博士によると、どうもむつかしいらしいのである。

読者諸君はどうでしょうか。健康のために禁酒禁煙、冬の日もハアハア言いながらマラソンをやるか、あったかい布団で惰眠をむさぼり夜は一杯、日中は煙草をプカプカ――どちらが生きているとお思いでしょうか。

エリザベス号の旅

三月のはじめ、香港からクイーン・エリザベス号に乗って大連に行った。大連は私が育ったところなので、ある出版社に依頼された取材旅行だった。

十日間にちかい船旅だから読書も仕事もできるだろうと思って、鞄のなかに十冊の本と原稿用紙とを入れていった。毎日、一冊は本を読了してやろうという健気《けなげ》な気持からである。

ところが船旅というのは何故か、実に眠い。本をひろげて二、三頁も読むうちにすぐ、うつら、うつらとしてしまうのだ。一冊の本を読むのに三日もかかり、結局、二冊半しか旅の間は読めなかった。

それには二つの理由がある。ひとつはこの船は七万トン以上の巨船だから、揺れがあまりない、揺れがないから逆に単調なのである。窓から見える海は一日中、色も波も変りがなく、見飽きてしまうのだ。

もうひとつは船客の大半が年寄りの人が多かったせいもある。おそらく金持にちがいない米国人の夫婦がうろうろと船内や食堂にいたし、食堂のきめられた私のテーブルにも、三つもアパートに部屋を持っているという米国婦人が坐っていた。

そして、船はこうした金も暇も持てあましたような船客のために一日中、何かの催し物をやっている。昼は昼でヨガの講座やビンゴのゲーム、ダンスの教習にトランプの講習、夜はショーがあり、映画がある。つまり、暇つぶしには持ってこいのような行事が次から次へと行われているのだ。

はじめのうちは私も面白がって、あっち、こっちを覗いていた。ダンスを習いに行ったり、映画をのぞいたり、晩餐《ばんさん》後のショー等を見たりして時間をつぶしていた。

しかしそれが三日、四日となると、次第に飽きてきた。嫌になってきた。空虚感をおぼえはじめてきた。なにか、この生活が熟しきった果物の臭いを絶えず嗅がされているような感じになったのである。しかし、そこからは逃げるわけにはいかない、陸地の旅とはちがって、船旅はどこかの港につくまでは脱走できないのだから。

ぼんやり、デッキ・チェアに腰かけて考えた。人間やはり働かなくちゃ駄目だなあ、と。

その時、私はたとえば日本の社会福祉が行き届いて、停年以後の老人や老女がこのクイーン・エリザベス号と同じ生活を毎日送れるようになる日を考えていたのだった。食事の心配もなく、余暇をたのしむすべての条件が与えられるような毎日が彼らに来る。

その時、彼らは私と同じように遂には空虚感をおぼえないだろうか。退屈しないだろうか。林檎《りんご》の腐ったような臭いをその生活から嗅がないだろうか。

こういうことを言えばゼイタクな話だと言われるだろう。しかし私は実は多忙きわまる毎日、いつもこんなクイーン・エリザベス号のような生活を望んでいたのである。せめて「温泉につかって、のんびり何も考えぬ二日間を送りたいなあ」と夢みていたのである。

それが取材旅行とはいえ、十日間も与えられると今度はそれに飽き、空虚感をおぼえ、やはり東京の書斎と忙しい毎日が恋しくなる。そしてデッキ・チェアで、人間やはり働かねば駄目だなあと呟くようになる。我ながらわがままだと思う。

しかし多くの男が停年やその他で仕事から離れると急に気力がなくなり、急に老けるのを見ると、我々にはやはり仕事のあることが健康の秘訣のような気がしてならない。

日本に戻って、このことを家人に話すと、

「なんという貧乏性なんでしょう」

と笑われた。悠々《ゆうゆう》と余暇をたのしめぬ男は大人物でないのだそうである。

恋しい日本食

どんな国に旅をしても、その国の食べものにすぐ馴染める人がいる。私も昔はそのつもりだった。ヨーロッパやアメリカは勿論のこと、中近東を幾度も旅をしたが、向うの料理もおいしく食べられた。

ただ私がどうしても口に入れられなかったのはタイに出かけた時、タイのジャーナリストの家に食事に招かれて、出された料理のほとんどすべてに入れられている香りの強い草だった。この臭いは胸がむかつくほど強烈で、またその臭いは私の一番きらいな臭いに属していた。

今度もまたバンコクに出かけて、あの臭いのこもった皿を出され、私は閉口した。だがタイに長く在住している日本人にきくと、

「あれが、うまいんだよ。ぼくなんか、今はあれがないと料理がまずい気がする」

と言う。友人の作家、阿川弘之にその話をすると、彼もまたこの香りの強い草が大好物で、わざわざ自宅の庭に植えているほどだと言う。

外国に行く楽しみの一つはそこの国のうまいものを食べることだが、そのうまいもの

を出してくれる店がみつからぬ時はやはり、がっかりする。

英国人にはわるいが、ロンドンに行くと実に飯がまずい。英国でうまいのは朝飯だけと言うが、もう二十年ほど前、ロンドンのホテルではなくペンションに宿泊した時、そこのおばさんが朝飯に出してくれたベーコンは実においしかった。私はそれを食べ、あつい珈琲《コーヒー》をのみながら、シャーロック・ホームズとワトソン博士が下宿している家の朝飯もこんなだったろうなと考えたくらいである。

だが、朝飯をのぞくとロンドンの食事は閉口するほど味がわるい。海ひとつ隔てたところの仏蘭西やベルギーという食事のおいしい国があるのに、この国は何故、伝統的にまずい食事を保持しているのかと考えると、あらためて英国人の頑固さに感心したものである。

仏蘭西のレストランは私の考えでは田舎のほうがおいしい。高い金を払い、恭しく給仕がやってくる巴里の高級レストランも、私には地方の駅前のホテル兼レストランの食事よりもまずいような気がしてならないのだ（それにこの頃の巴里の高級レストランは値段のわりに味が落ちていくような気がする。高い金を払っておいしいのは当り前で、本当の美味とは安くてうまいことなのだ）。

私はカトリックだから、仏蘭西の田舎に行くと、村や小さな町の神父さんから食事に招かれることがある。妙な話だが、そんな神父さんの住む司祭館の田舎料理が意外と美味なのは、神父さんたちには食べること以外に楽しみが少ないからだろう。仏蘭西の田舎に旅行をしたら、教会の司祭館で食事をさせてもらうことだ。もっとも、そのためにはカトリックに改宗する必要があるが。

　スペインという国は二、三度、出かけたことがあるが、何でもオリーブ油を使うのには参った。まずくはないが、すべてにオリーブ油を使われると、五日もするとおなかが変になる。マドリードには屋台のような一杯屋が並んでいる裏通りがあって、雀やえびや魚をオリーブをひいた鉄板で焼いて葡萄酒《ぶどうしゅ》を飲むことができるが、はじめはうめえ、うめえと言っていた私もついにはオリーブの臭いに食傷して悲鳴をあげてしまった。

　年齢とったせいか、外国にしばらくいると、日本食がたべたくなる。サッポロ・ラーメンが食べたくなる。この間、クイーン・エリザベスで十日間も船旅をしたあと、鹿児島についた時、私は一目散にうどんを食べに行った。そしてうどんとはこんなにおいしいものかと泪をながさんばかりだった。

　外国にいて自国の食べものがほしくなるのは年齢のせいだと聞いた。昔は別に日本食がなくても平気だったのに、こんな気持になったのはやはり老いたせいかもしれぬ。

心の置き土産

会いたい中国人

あることから近々、中国の旅大市《りよだい》に行けることになった。おそらくこの原稿が発表される頃には、私は旅大市に向う船のなかにいるだろう。

旅大市とはかつての旅順と大連とを合併してできた市だが、私は少年の頃をその大連で過した。幼稚園時代も小学校時代の思い出もこの市に結びつくことが多い。

大連をしきりに懐かしがる日本人は意外に多い。清岡卓行《きよおかたかゆき》氏の『アカシヤの大連』という作品は私のように同じ頃のあの町を知っているものには、ひとしお感慨を起させる小説である。

今度、旅大市に行くことになって、その昔自分の住んでいた通りや通っていた大広場小学校を見てみたいと思っているが、それが果して残っているのか、どうか、わからない。そして一緒に遊んだ中国人の子供が——今はもちろん、大人になってまだ大連にいたら、偶然、再会できるかもしれないと、はかない望みも持っている。

会いたい中国人の一人がいるのだが、その名も憶えていない。私が小学校一年の時、彼は十四、五歳の少年だった。そして毎朝、沢庵を日本人の家々に売りあるく行商をしていた。少年はやがてその仕事をやめて、我が家で雑用をすることになった。

　その中国人の少年は、自分よりも七、八歳も年下の私を非常に可愛がってくれた。大連の冬は雪が道に凍って小学一年の私は登校の途中にたびたび転んだ。彼はそんな私を助けながら学校まで連れていってくれたし、また雨の日は雨傘を持って迎えに来てくれた。

　彼の日本語はまったくカタコトだったが、そのカタコトの日本語は、小学生の私に充分すぎるほど充分だった。

　親に叱られて玄関の外に立たされている私を案じて彼がそっと姿をみせ、心底から心配している表情で、

「周ちゃん、ごめん言う。ごめん言う」

と言う時、私は始めて親にあやまる気になった。

　その年のクリスマス、母親が今夜はサンタクロースが来るかもしれないと教えてくれた。だが、小学校三年の兄はサンタクロースなぞいる筈はないと言ったから、私は半信半疑の気持だった。

　真夜中、ゆさぶり起された。白髭のあのサンタクロースが私と兄との寝床のそばに母と立っているのである。

私は驚愕して口もきけなかったが、袋のなかからそのサンタクロースはプレゼントを出して兄と私にくれると、母は私にお礼にチョコレートをあげなさいと言った。チョコレートをおずおずと受けとったこのサンタクロースは、

「ありかと、こざいます」

とカタコトの日本語で礼をのべた。サンタクロースと母とが姿を消したあと、兄が私に、

「あれ、本当じゃないぞ」

つまり、彼が扮装《ふんそう》しているのだと教えた。

翌日、私は彼をつかまえ、兄の言葉をつたえると、その彼は首をふり懸命に否定した。

「サンタクロース、わたし見たよ。この窓、はいってきたよ」

その説明によると、窓をあけてサンタクロースが入ってくるのを見て、彼もびっくりしたのだそうだ。

今から考えると、母に命じられて彼はあくまでもサンタクロースの実在を私に証明してくれたのだが、その時の懸命な彼の演技は四十数年たった今でもはっきり、おぼえている。

その彼にもし旅大市で偶然でも再会できたらと思う。おそらく絶望であろうが……。

三百年前の日本人町

一昨日まで私はバンコクにいた。すさまじい暑さのなかで取材に歩きまわった。四時間ほど外出すると、ホテルに戻って汗まみれの体にシャワーをあび、下着のすべてをとりかえねばならぬ。そしてふたたび外出して汗だらけになる。

そんな取材旅行をおえて一昨日、帰国、やっと旅のつかれを治したと思うと、今夜、また成田に行き、一泊して明日から香港に行き、香港から中国の東北地区（昔の満州）に赴くわけだ。小説家の仕事もなかなか忙しい。

バンコクに寄る前にマカオで二日滞在した。

マカオと言うと日本人の団体旅行のツアーにも入れられていて、香港に出かけた人はたいていここで一泊してホテルのカジノで遊ぶ。ラスベガスほど盛大ではないが、しかしここのカジノは庶民的で飾り気がなく気楽である。

しかし、私がマカオに寄ったのは残念ながら久しぶりにカジノで遊ぶためでなく、徳川家康から家光の頃にかけて、ここに基督教徒ゆえに永久追放された日本人切支丹たちの跡をたずねるためだった。

一六一四年、家康は強硬な切支丹禁制を布告し、日本在住の外人宣教師はもちろん、主だった日本人の信徒たちや神学生を国外追放にした。その半分はこのマカオに、他の半分がフィリピンのマニラに流されたのである。

　不幸にして追放された日本人たちは、マカオであまりよい待遇はうけなかった。受け入れ側のマカオ教会も突然に流れこんできた日本人たちをどう処遇してよいかわからなかったし、ポルトガル人や中国人も彼らを好意をもって迎えなかったようである。にもかかわらず、もはや帰国できぬ日本人切支丹たちは引きかえすわけにもいかず、ここに留《とど》まるより仕方なかったのだ。

　残念ながらこれらの日本人切支丹の跡を偲《しの》ぶものはたった一つのものを除いて、今のマカオにはないようだ。そのたった一つとは町の真ん中の丘にある聖ポーロ学院の正面壁だけである。後に大火のため焼けおちたこの学院は一六〇二年に建設がはじめられたが、日本人切支丹たちがここに大挙して流れこんだ一六一四年もまだ建設続行中であり、そしてこれら日本人もその作業を手伝っている。三百年前の日本人が石を運び、木材をかついで造ったその正面壁だけが、このマカオに残っているのである。

　これらの日本人たちの運命がどうなったか。そのうちの何人かについてはわずかな資料もあるが大部分の運命は不明である。おそらく、彼らは生涯、望郷の念に駆られつつ、このマカオの町で一生を終えたであろう。ある者は土地の住民と結婚し、その子供たちも自分の祖先が日本人だったことも忘れて、中国人と同化していったのであろう。

　マカオの町をぶらぶらと歩いていると、古いポルトガル風の家がまだあまた残っているし、そして中国人たちの町もある。路を行き交うそれら中国人のなかに、ひょっとして日本人の子孫もいるかもしれない（ちょうど長崎で私たちがあきらかにスペイン、ポルトガル、オランダ人と日本人との間にできた子供の子孫だとわかるような人に出会うように……）。

そう思うと私は何だか胸しめつけられる思いで、この街から立ち去りたくなかった。だが二日後、今度はバンコクに行き古都アユタヤを訪れて、そのメナム河の川べりにやはり同じ一六〇〇年代にあった日本人町の跡を訪れた。ここにも、もはや昔を偲ぶものは何も残ってはいない。

三百年前のマカオの日本人たちといい、アユタヤの日本人たちといい、どんなに寂しかっただろうと思う。望郷の声がそうした場所から聞えてくるようだった。

不愉快なタクシー

ヨーロッパに三週間ちかく行っていました。仕事をかねてだったので、あちこちを見てまわる暇もなく、やっと帰国する三日前に時間ができたので、復活祭のローマで遊ぶことにしました。

四年前、やはり復活祭のローマに来たことがあります。その時はアマンドの花が街に咲いて美しいと思いましたが、今年はヨーロッパの冬が寒かったせいか、まだ芽のふかぬ木が多く、肌寒いローマでした。おまけに町が四年前にくらべて汚れ、至るところに屑紙が散らばっていました。

タクシーに乗っても不愉快な思いをしました。メーター料金の二倍を「祭りだから」と言ってふんだくるのです。店に入っても細かなつり銭はくれません。極端なインフレであることは一時間もしないうちにわかりました。

晩飯をくって夜のアッピア街道を散歩しようと友人二人とタクシーを探していましたら、親切げな老紳士が声をかけてきて自分の車に乗せてやろうかと言う。その身なりから、まさか闇タクとも考えず、好意に甘えて車にのりこむと、やがて四万リラを出せと迫ってきました。二万円にちかい値段でベラ棒な話です。

我々は英語と仏蘭西語とで話が違うと言いましたが、向うはわざと伊太利《イタリー》語を使いこちらの言い分はわからぬふりをする、のみならず真夜中の、人影ない街道に車をとめ、いやならもう車は動かさぬと脅かしてきます。タクシーが見つからぬのを見こして、我々から二万円まきあげるつもりです。

闇タクと知らずこの車にのった自分たちの迂闊《うかつ》さをしまったと思いましたが、日本人の我々は日本の秩序感覚に馴れすぎていたので、ローマも同じだろうと考えていたのです。それが失敗のもとでした。

車からこやつを引きずりおろして撲り倒してやろうかとも思いましたが、まさか暴力をふるうわけにもいかん。結局、怒り煮えたぎる思いで二万円ちかい金をこの老紳士に払ったわけです。

翌日、観光馬車にのれば、今度は約束の金のほか馬の餌代をくれと言う。この時は頭にきて日本語で怒鳴りつけるとニヤッと笑って向うに行ってしまった。

私は随分、外国の旅に馴れているつもりでしたが、それでもこんな失敗をした。つまり、日本の秩序の上でローマを計りすぎたのです。他の日本の旅行者もあのローマでだまされた方は随分、多いだろうと思います。

折角の楽しかるべきローマはもう、だいなしでした。昔のローマは決してこんなではなかった。多少、だまされたこともありましたが、下町の人たちはとても親切で、伊太利人に好意を持った思い出が幾つもあります。

巴里だって同じです。私が二十数年前知っていた巴里の人は心あたたかかったが、最近の巴里は何かツンケンしています。

私がこれを書いているのは、ひとつはこの記事が在日伊太利人の目にとまって、それを伊太利の新聞か何かに伝えてもらいたいからでもあります。すべての伊太利人がそうだなどとは夢思いませんが、しかしたった二日間のローマ旅行で、私たちは嫌な思いを次から次へとさせられました。

不運と言えば不運でしょうが、我々旅行者は、その国で出会った人でその国にある固定観念を持ちます。不親切な日本人に出会った外国人は生涯、日本に好意をなかなか持てぬでしょう。

日本に戻った時、やはり日本はまだいいと思いました。いろいろ、東京には文句も多いが、しかし夜の東京は巴里やニューヨークにくらべて、そんなに危険ではない。タクシーだってメーター以上の金を払う必要はないし、あの面倒くさいチップ制度はない。外国人が東京に来ていろいろ、批判をしますが、何を言ってやがるという気持さえします。

外国旅行のもう一つのお土産

外国旅行は相変らず大ブームである。香港で飛行機をおりて空港バスに乗ったら一団の日本人旅客に出会った。N県の人たちのツアーでお年寄りが多い。隣席の婆《ばあ》さまが、

「ああ、もう疲れました。早く日本に帰りたい」

私は驚いて、

「でもお婆さん。今、香港に着いたばかりじゃないですか」

と言うと、婆さま、情けなさそうに、

「N県から成田まで行って、ここまで来るのに、もう、くたくたですよ」

バンコクの旅行社の人の話だと先月、やはりツアーの日本人客に七十五歳のお婆さん

がまじっていたそうです。皆にまじって杖《つえ》を片手に懸命にあちこちを廻《まわ》った。その婆さまに何が一番、面白かったかと訊ねると、

「わたしゃね、腰がまがっているから、地面しか見なかった」

この話を聞いて、流石《さすが》の私も爆笑した。

こうしたお爺さん、お婆さんがなぜ外国旅行に行くかと言うと、昔の善光寺参りの代りである。しかも息子、娘に奨められたという人が多い。だから毎日、外国飯を食べさせられると、溜息をつく。早く日本に戻って味噌汁におつけものを食べたいと思う。

「ああ、外国に行くより、日本の温泉に出かけたほうが、どんなに良いかわからなかったよ」

と異口同音につぶやく。

でも、年寄りまでが外国に安心して行ける今の日本は戦中派の私には夢のようだ。そのくせ、心の一方では何だか折角の外国旅行をこのままにしていいのか、残念な気もする。

一時は観光と買い物とに集中していた外国旅行ツアーも近頃はもっと細かくなって、音楽を聴く旅、城をまわる旅というようにある趣味の目的を持つ旅行計画もできてきた。これまた結構なことだと思う。しかし、貴重な金を使って折角の外国に行くなら、もっと勉強のできる旅行があっていいと思う。

私は外国旅行をするたび、そこで専門の勉強をしている日本人の若い学者に会うと、思いがけない収穫をえる。その国の美術なら美術、歴史なら歴史を研究している留学生に話を聞き、実際に彼の指示に従って現地を歩くと、その旅行は大学に一年以上、通ったような利益がある。そこで私はいつも考えるのだが、各国にある日本大使館は日本人旅行者のため、こういう留学生、研究家を講師にした講座を現地で開いてくれないだろうか。日本人旅行者なら誰でも聴講できる講座がその国にあれば我々はそれによって、どんなにその国をよく知ることができるかわからない。しかも、それはかの地で勉強している研究家や留学生のアルバイトにもなるのである。

今度も四年ぶりで私はロンドンと巴里とをまわった。巴里で偶然、仏蘭西中世を勉強している人に会い、その人からいろいろと中世について教えられて、随分と助かったし、随分と勉強になった。そしてその人とこういう講座が組織的に大使館などの手によって作られれば、外国に遊びに行く若者たちにもたんに冒険や旅行以上の収穫があるのではないかと話しあったのである。

正直いって、私は日本の各国大使館が文化的なことに積極的だとはどうしても思えない。大使館には文化アタッシェなる存在があるが、その文化アタッシェの方たちが、今、私の言ったことを多少でも考えて頂ければ、とても嬉しいと思う。

日本人がただ買い物と観光だけに外国を歩きまわる時代はもうそろそろ終ってもいい

のではないかと思う。正直いって、アンカレッジの空港などで日本人の若い客が買いあさっているのを見ても決して良い気はしない。日本人よ、品格を持てと叫びたくなる場面もあるからである。折角の大事な外国旅行だもの、買い物もいい。しかし、もっとほかのことも土産にしたいものだ。

遠藤周作略年譜

一九二三年（大正十二）	三月二十七日、東京市巣鴨に生まれる。父常久は銀行員。母郁（旧姓・竹井）は東京音楽学校出身の音楽家。二つ上の兄正介との二人兄弟の次男。
一九二六年（大正十五）	父の転勤に伴い満州（中国の東北地方）関東州の大連に移る。
一九三三年（昭和八）	父母の離婚により、母に連れられて兄と共に帰国。西宮市夙川に転居し、熱心なカトリック教徒の伯母の勧めで、母と共に近くの教会に通った。
一九三五年（昭和十）	四月、私立灘中学に入学。六月、兄と共に夙川カトリック教会にて洗礼を受ける。
一九四〇年（昭和十五）	三月、灘中学校を卒業。前年の中学四年時に三高を受験して失敗、この春も再度三高受験に失敗。仁川にて浪人生活が始まる。

一九四一年（昭和十六）　この頃、受験への空虚感から、図書館で内外の名作を読み始め、小説の面白さを知る。

一九四二年（昭和十七）　二月、上智大学予科を退学。母への経済的負担をかけないため、当時会社役員であった父の家に移る。

一九四三年（昭和十八）　四月、慶應義塾大学文学部予科に入学。しかし父が命じた医学部を受けなかったために勘当され、信濃町にあるカトリック学生寮に入る。

一九四四年（昭和十九）　初春、寮の舎監の吉満義彦の紹介で堀辰雄を訪ね、以来月に一度ほど彼を訪ねるようになる。徴兵検査を受けるも、肋膜炎を起こした後で入隊が一年延期となる。

一九四五年（昭和二十）　三月、東京大空襲により寮が閉鎖、許しを得て経堂の父の家に戻る。大学予科を修了し、仏文科に進学。八月、一年の入隊延期期間が切れる直前に終戦を迎える。

一九四七年（昭和二十二）　十二月、初めてのエッセイ「神々と神と」が前年に堀辰雄編集で復刊した「四季」の第五号に掲載。また評論「カトリック作家の問題」を「三田文學」に発表。

一九四八年（昭和二十三）
三月、大学を卒業。映画俳優になる夢が捨てきれず、松竹大船撮影所の助監督試験を受けるが、不採用となる。「三田文學」の同人となり、月一回の会合に出て、原民喜、柴田錬三郎、堀田善衞らの先輩と親交を深める。

一九五〇年（昭和二十五）
六月、日本からの最初のフランス留学生として渡仏。当初は現代カトリック文学の研究が目的であったが、留学中にキリスト教との距離感が深まる中で、キリスト教を身近なものにするというテーマを背負い小説家になろうと決心。

一九五二年（昭和二十七）
血痰が出、療養生活に入る。秋から冬にかけ激しく咳が出るようになり、入院。

一九五三年（昭和二十八）
二月、二年半の滞仏を終え帰国。七月、留学中の文章を集めた処女エッセイ集『フランスの大学生』を早川書房より出版。同月、母郁が脳溢血で死去（五十八歳）。

一九五四年（昭和二十九）
七月、最初の評論集『カトリック作家の問題』を早川書房より刊行。

一九五五年（昭和三十）　七月、「白い人」（「近代文學」五、六月号）で第三十三回芥川賞。前後の同賞受賞者と共に「第三の新人」と呼ばれる。九月、当時慶應義塾大学仏文科に通う後輩の岡田順子と結婚。十二月、処女短篇集『白い人・黄色い人』を講談社より刊行。

一九五六年（昭和三十一）　初めての長篇「青い小さな葡萄」を「文學界」に連載。

一九五七年（昭和三十二）　六月、「文學界」に発表した「海と毒薬」が高い評価を得、文壇的地位を確立する。

一九五八年（昭和三十三）　「聖書のなかの女性たち」を「婦人画報」にて連載開始。『海と毒薬』を文藝春秋社より刊行。同書で第五回新潮社文学賞、第十二回毎日出版文化賞を受賞。

一九六〇年（昭和三十五）　四月、肺結核再発で入院。夏は一時退院するが、九月始めに悪化、再入院。

一九六一年（昭和三十六）　二度肺の手術を受けるが、失敗。十二月、寝たきりになるよりはと危険率の高い三度目の手術に踏み切る。六時間に及ぶ手術は一度心臓が停止したが、成功。

一九六二年（昭和三十七）　十月、執筆もままならない自宅療養中の戯れに、「狐狸庵山人」と雅号をつけ「狐狸庵日乗」と題した絵日記を書く。もう一つの顔となる狐狸庵の原点となる。

一九六三年（昭和三十八）　一月、病床からの復帰後初の長篇「わたしが・棄てた・女」を「主婦の友」に連載。二度の映画化、ミュージカル化もされ、最も愛される作品の一つになる。

一九六五年（昭和四十）　一月、病床体験と長崎で見た踏み絵を結び付けた長篇「満潮の時刻」を「潮」に連載。長崎が「心の故郷」となる。夏から初秋までで『沈黙』を書き上げる。

一九六六年（昭和四十一）　三月、『沈黙』を新潮社より刊行。十月、同書により第二回谷崎潤一郎賞を受賞。

一九六八年（昭和四十三）　三月、素人劇団「樹座」を結成し座長となる。

一九七一年（昭和四十六）　一月、イエスをめぐる群像を描いた連作が開始され、二年半後に『死海のほとり』として結実。十一月、映画「沈黙」（篠田正浩監督）封切り。

一九七三年（昭和四十八）	十月、長年の聖書研究の結実である『イエスの生涯』を新潮社より刊行。この年、エッセイ「ぐうたらシリーズ」が百万部突破のベストセラーになり狐狸庵ブーム起こる。
一九七七年（昭和五十二）	一月、芥川賞の選考委員に。五月、兄正介、食道静脈瘤破裂で死亡（五十六歳）。
一九七九年（昭和五十四）	二月、『キリストの誕生』により第三十回読売文学賞の評伝・伝記賞を受賞。
一九八〇年（昭和五十五）	四月、日本人とキリスト教という長年のテーマを文学的に完成させた『侍』を新潮社より刊行。十二月、同作により第三十三回野間文芸賞を受賞。
一九八七年（昭和六十二）	五月、エッセイ「花時計」の連載を産経新聞に開始。一九九五年に健康上の理由で中止されるまで、三百七十五回に及び毎週連載された。
一九八九年（平成元）	十二月、父常久死去（九十三歳）。

一九九三年（平成五）	六月、自身の文学と人生の集大成といえる最後の純文学書き下ろし長篇『深い河』を講談社から刊行。翌一月、同作で第三十五回毎日芸術賞を受賞。
一九九五年（平成七）	一月、「黒い揚羽蝶」を「東京新聞」に連載するも、健康上の理由により連載中止。九月、脳内出血を起こし緊急入院。十一月、文化勲章を受章。
一九九六年（平成八）	入院中、絶筆となった「佐藤朔先生の思い出」を口述筆記し、八月、「三田文學」に発表。九月、順子夫人が怪我をした話を聞き、突然目を開けて「心配なんだな」と言ったのが最後の言葉となり、九月二十九日、肺炎による呼吸不全により死去（七十三歳）。
二〇〇〇年（平成十二）	五月、遠藤周作文学館が『沈黙』の舞台となった長崎県西彼杵郡外海町の夕陽ヶ丘に完成。順子夫人により二万三五三四点の遺品及び蔵書が寄託及び寄贈される。

参考：
『遠藤周作文学全集15』（新潮社　二〇〇〇年）
加藤宗哉『遠藤周作』（慶應義塾大学出版会　二〇〇六年）

本書は一九九〇年九月、集英社文庫として刊行されたものを再編集しました。
単行本　一九八五年十月　海竜社
初出
・「悪の匂い、幸福の悦び」〜「もう一人の自分」
「マリ・クレール」一九八三年五月号〜一九八四年八月号
・「女性の美しさ」（「女性の美」を改題）
『美の誘惑　現代人の美学』一九六三年　河出書房新社
・「ちがいのわからぬ女」
「週刊読売」一九七五年五月十七日号
・「男の中の男」
「婦人公論」一九七一年四月号
・「私の別荘」
「朝日新聞」一九六九年七月二十六日刊